KB184170

손에 넣은
SAIMIN APP de
yumeno HAREM seikatsu

최면 앱으로

꿈같은 하렘

생활을 보내고 싶어

CONTENTS

요즘 내게는 푹 빠진 것이 있다.

"그럼 여기 문제를——."

귀에 들어오는 선생님의 목소리조차 의식 저편에 밀어 두고, 나는 그것에 대해 생각하고 있었다…….

'설마, 우연히 본 광고에서 이렇게까지 빠질 줄은 몰랐어.'

바로 최면 앱 장르에 관한 이야기다.

손이 가는 대로 인터넷 서핑을 하던 와중 눈에 들어온 조금 야한 만화의 광고…… 물론 내용 자체가 야하기도 했지만, 어쨌든 나는 거기서 본 최면 앱 장르에 빠져버리고 말았다.

"……후우."

한숨이 절로 새어 나왔다.

중요한 수업시간에 무슨 생각을 하는 건가 싶지만, 내 안에 지금 이 트렌드가 소용돌이치고 있어서 어쩔 수가 없다.

최면 앱…… 그것은 다른 사람을 마음대로 조종하는 힘이다.

자신의 뜻에 따라 어떤 것이든 타인에게 강요할 수 있는 힘……. 물론 시킬 수 있는 것들은 많겠지만, 나는 만화에서 본 것처럼 응큼하고 야한 일이 정말 하고 싶다……. 하고 싶고 당하고 싶어!

만화나 애니메이션을 보고 다른 세계로 환생하거나, 러브 코미디 주인공처럼 귀여운 여주인공과 순수한 연애를 하고 싶다……. 그런 꿈을 꾸는 사람이 있듯이, 나처럼 특수한 힘을 동경하는 사람도 있는 것이다.

하지만 이곳은 현실 세계—— 그런 편리한 힘 따위는 존재할 리가 만무했다.

▶▷

고등학생은 청춘을 만끽할 수 있는 중요한 시기다.

학생으로서 면학에 힘쓰는 것은 물론이고, 연인을 만들어 함께 스트로베리 같은 달콤한 시간을 보내는 청춘의 묘미라고도 할 수 있다.

……뭐, 나와는 거리가 먼 이야기지만.

"하아……."

"무슨 일이야?"

"꽤 깊은 한숨인데?"

고등학교에 입학해서부터 친해지고, 3학년이 된 지금까지 계속 같은 반인 친구 둘이 시선을 돌렸다.

"아니, 미안. 잠깐 생각 좀 하느라."

절친……이라고 말하면 조금 민망한 기분도 들지만, 나에게 있어서 이 두 사람은 가장 사이가 좋은 친구라고 해도 과언이 아니었다.

"고민이야? 무슨 걱정거리라도 있냐."

그렇게 말한 것은 무카이 아키라── 분하게도 꽤 미남형 얼굴을 가진 남자.

축구부 소속으로, 에이스까지는 아니지만 경기에 나가면 적지 않게 활약을 보여주는 녀석이다.

"그래, 얼른 말해 봐."

그리고 아키라와 함께 흥미진진한 얼굴을 향하는 것은 엔도 쇼고.

통통한 체형이 트레이드마크로 본인도 자주 농담거리로 삼을 정도다. 굉장한 오타쿠로, 이 녀석의 방에는 애니메이션 포스터나 피규어가 한가득 장식되어 있다.

"아…… 정말 그냥 생각을 좀 한 것뿐이야."

그렇다면 뭐, 하고 가볍게 넘겨주는 두 사람에게 감사하면서 나는 화장실에 가고 싶은 마음에 자리에서 일어났다.

"가다 싸지 마라, 카이."

"그럴 일 없거든?"

그런 일이 생긴다면 더는 부끄러워서 학교에 올 수 없을 것이다.

낄낄거리며 웃는 두 사람을 지나쳐 곧장 화장실로 향했다.

"……후우."

볼일을 끝내고 후련한 기분을 느끼며 교실로 돌아가려 할 때였다.

"있지, 마츠리. 오늘은 어쩔 거야?"

"으음…… 글쎄."

몇 명이 눈에 들어왔다.

같은 반 애들이었기에 자주 보는 사이였지만, 그중에서도 특히 한 여자애는 눈에 띄는 존재였다.

'아이사카네……. 여전히 미인이라니까.'

아이사카 마츠리—— 내 안에서는 같은 반 애들 중에서…… 아니, 이 학교 안에서도 엄청난 여자라고 생각한다.

밝은색의 머리와 교칙을 어기지 않는 수준의 화장, 헐렁하게 걸친 교복 등에서 알 수 있듯이 그녀는 흔히 말하는 갸루였다.

갸루 특유의 밝은 성격에, 친구도 많은 인물.

나에게도 우연히 아침에 눈이 마주치면 인사를 해 줄 때도 있었다. 그런 점까지 더해져 그녀는 정말로 인기가 많다. 그리고 무엇보다!

'……몸매 엄청나네.'

아이사카는 누가 뭐래도 몸매가 최고였다.

아이사카의 매력이 무엇이냐고 물으면 많은 요소를 들 수 있겠지만, 내가 보기엔 역시 저 옷을 끌어올릴 정도의 큰 가슴!

같은 반 남자들이 그녀의 몸매를 거론하며 야단이었고, 실제로 나도 같은 심정이었다. 물론 대놓고 그 말을 입 밖으로 꺼낸 적은 없지만.

"응? 무슨 일 있어? 마사키."

"웃⋯⋯! 아니, 아무것도 아냐."

무심코 빤히 쳐다보던 것을 그녀에게 들키고 말았다.

아이사카를 필두로 다른 여자애들의 시선까지 더해져 나는 흠칫 어깨를 떨었지만, 어떻게든 말은 나왔다.

"그렇구나. 눈이 마주쳤길래 물어봤어."

"미안, 흐름을 끊었네."

"사과할 필요 없어. 그렇지?"

아이사카의 물음에 여자애들이 고개를 끄덕였다.

그녀들도 특별히 불편한 내색을 보이지는 않았다.

이것 또한 아이사카의 인기 비결이었다.

그녀는 누가 뭐래도 갸루다. 그녀 스스로도 공언한 사실이지만, 그러면서도 그녀는 배려에 능숙했다.

'오타쿠에게 상냥한 갸루라는 느낌이지. 그래서 인기가 많은 거겠지만.'

소문으로는 다른 고등학교에 남자친구가 있다던데⋯⋯. 저런 애를 여자친구로 삼다니 어느 복 받은 놈이지?

세상은 불공평하다⋯⋯ 라고 불평할 생각은 없다.

결국 행동하는가 행동하지 못하는가의 차이에 지나지 않으니까. 나는 지금까지 행동하지 않았을 뿐이고 이건 그 결과일 뿐이다.

"그럼 갈게."

"응. 잘 가~."

자리로 돌아온 뒤, 다음 수업이 시작되기 전까지 나는

또 생각에 잠겼다.

'만약 최면 앱 같은 게 정말로 있다면…… 저런 아이한테 야한 일을 시키고 싶긴 하지.'

하여간, 그렇게 상냥하게 대해 준 여자애를 보고 이런 생각을 하다니 나도 참 저질이다.

하지만 상상해 버리는 것도 어쩔 수 없는 일이다.

무엇을 해도 들키지 않는다면…… 저런 뛰어난 몸매를 가진 미소녀에게 명령을 내리고 싶다는 생각이 들고 마는 것이다.

……다음 수업에나 집중하자.

방과 후가 되고, 똑같은 귀가부인 쇼고와 함께 서점에 들르거나 하면서 시간을 때웠다.

"내일 보자."

"그래."

쇼고와 헤어지고 돌아가는 길. 그대로 돌아가려다가, 엄마에게 심부름을 부탁받았다는 사실을 떠올렸다.

"다시 돌아가야겠다……. 좋아."

좀 귀찮긴 했지만, 어지간한 일이 아닌 이상 엄마의 부탁을 거절하진 않는다.

사실 나한테 부탁하기 전에 대학이 일찍 끝나는 누나에게 부탁한 것 같지만, 나에게 돌아왔다는 건 거절당했다는 뜻이겠지.

그 후 엄마의 지령을 충실하게 완수한 후 이제 돌아갈까 하던 그때, 조금 어수선한 장면과 마주했다.

"잠깐만, 놔줘!"

"뭐, 어때. 응? 이대로 돌아가기도 아쉽잖아?"

"시끄러워! 왜 이렇게 끈질겨!"

치정 싸움……은 아닌 것 같다.

한 쌍의 남녀가 가벼운 실랑이를 벌이고 있었다. 이런 거리에서 소란을 피우는 모습에 어이가 없었지만, 여성이 곤란해 보이는 상황이 뻔한데도 행인들은 모두 못 본 체하고 있었다.

"아무나 좀 도와주지…… 귀찮은 일에는 엮이고 싶지 않은 건가."

어차피 나나 행인에게 저 일은 관계없으니까.

나는 소란에서 곧바로 멀어져서 경찰서로 향했고, 여성이 남성에게 어깨를 잡힌 채 실랑이를 벌이고 있다는 사실을 전하고 도움을 요청했다.

"하아, 배짱은 없지만 이렇게라도 했으니까 됐지."

저런 장면에서 정의의 영웅처럼 멈추라고 말하며 둘 사이에 끼어들면 훨씬 더 멋있었겠지.

나는 잠시 그 자리에서 경찰관이 향한 곳을 바라보다가, 여기까지 울려 퍼지던 소란이 조금 잦아든 것을 확인하고 집으로 돌아가기로 했다.

돌아가는 그 길에, 약간 어두워진 하늘을 보고 한마디 중얼거렸다.

"……결국 고등학교 3학년이나 됐으면서 여친도 없고, 최면 앱을 상상하는 것밖에는 못하는 나……. 당연히 누굴 사귈 리가 없지."

뭐지.

실제로 흐르지는 않았지만, 뺨에 눈물이 흐른 것 같은 기분이 들었다……. 슬프네.

▶▷

"고마워, 카이. 빠짐없이 잘 사 왔네."

"어엉, 나 목욕하고 올게."

엄마에게 그렇게 말한 뒤 욕실에 들어가 느긋하게 씻었다.

그리고 다시 방으로 돌아왔을 때—— 나는 고개를 갸우뚱하게 만드는 무언가가 스마트폰에 설치되어 있다는 사실을 깨달았다.

"……어? 뭐야, 이거."

그것은 전혀 본 적 없는 앱이었다.

하트마크…… 흔히 보는 데이트 앱 같이 생겼는데, 내 명예를 걸고 이런 앱을 깐 적은 지금까지 한 번도 없었다. 여자와의 청춘에 굶주려 있다고는 해도, 나한테는 이런 것에 의지할 배짱조차 없으니까.

그러나 문제는 그 뒤였다.

그 앱 아래에 기록된 앱의 이름…… 그것이 내 흥미를

단번에 끌어올림과 동시에 큰 혼란을 일으켰다.

"최면…… 앱?"

아이콘 밑에는 최면 앱이라고 적혀 있었다.

주위에 나 이외에 누가 있을 리도 없는데, 무심코 스마트폰의 화면을 숨기듯이 감추며 힐끔힐끔 주위를 확인했다. 그리고 다시 한번 진정하고 화면을 바라보며 소리쳤다.

"최면 앱이라고?!"

그 순간, 쿵 하고 옆방에서 벽을 때리는 소리가 들려와 나는 즉시 입을 다물었다.

아니…… 아니, 아니!

어쩔 수 없지 않아?! 갑자기 내가 모르는 사이에 이런 정체불명의 앱이 깔렸는데?! 뭐, 정체불명이라기엔 제대로 최면 앱이라고 이름이 적혀 있긴 하지만…….

"……잠깐, 뭘 흥분하는 거야, 난."

불현듯 나는 정신을 차렸다.

어째서 이런 것이 내 스마트폰에 설치되어 있는지는 모르겠지만, 아무리 최면 앱을 갖고 싶다고 생각했다 한들 애초에 그런 게 이 세상에 존재할 리가 없다……. 이런 게 있었다면 세상이 끝났겠지, 거짓말이 아니라.

"흐, 흥! 난 이제 고등학교 3학년이라고? 진학할지 취직할지 선택해야 하는 나이야. 그런 내가, 이런 누가 봐도 말도 안 되는 거에 속을 리가 없지."

뭐, 그래도 보기는 했다. 남자니까.

바이러스의 소행인가, 아니면 누군가의 장난인가…….
처음에는 좀 신경 쓰이긴 했지만, 나는 결국 호기심을 참지 못했다.

"오…… 실행됐어?"

앱은 문제없이 곧바로 실행되었다.

그리고 맨 처음 화면에 떠오른 것은 이 앱에 관한 설명 같은 것이었다.

♡ ♡ ♡

이 최면 앱은 꼭 사용하고 싶은 사람 앞에서 실행해 주세요. 실행하는 순간 대상자는 당신의 말을 따르게 됩니다.

해제 버튼을 누르거나 일정 시간이 지나거나 단말기의 전원이 꺼지면 최면 상태는 해제됩니다.

♡ ♡ ♡

요상한 복숭아색 글자가 나에게 그렇게 설명해 주었다.

그렇군……. 간단하지만 이런 힘이 있다는 사실을 알 수 있었다.

나는 그것을 한동안 계속 바라보다가…… 휙 하고 스마트폰을 침대 위에 던져버렸다.

"……하아, 뭘 기대하고 있는 거야?"

역시 말도 안 되는 소리라며 냉정해졌지만, 결국 내 시선은 던져진 스마트폰에서 벗어나지 못했고…… 곧 다시 스마트폰을 손에 쥐었다.

"……진짜인가?"

당연히 믿기지는 않는다.

하지만 만약 이게 진짜라고 한다면 나는 결국, 그토록 원했던 힘을 손에 넣게 되는 것이 아닌가.

"아니, 아니! 말도 안 돼…… 진짜 말도 안 돼!"

그래, 절대로 말도 안 된다.

머리로는 뻔히 알고 있는데, 그래도 뭐든 시도해 보는 게 제일이라고, 써보고 싶은 욕망을 억누를 수 없었다.

한동안 고민을 거듭하다…… 최종적으로 나는 스마트폰을 손에 들고 옆방── 누나가 있는 곳으로 향했다.

"누나, 들어가도 돼?"

"들어와."

대답을 듣고 안으로 들어갔다.

조금 어질러진 내 방과 달리 잘 정돈된 방. 침대 위에 산더미처럼 쌓인 귀여운 인형들도 눈에 들어왔다.

방에 들어온 나에게 시선도 주지 않은 채 의자에 앉아 공부하고 있는 사람이 내 누나인 미야코였다.

"무슨 일이야? 그보다 너 아까 큰소리 냈었지? 나도 모르게 한 대 날려주러 갈 뻔했잖아."

"미, 미안……."

이쪽을 보고 있지 않은데도 느껴지는 위압감…… 역시 내 누나답다.

누나는 중학생이라는 오해를 받을 정도로 키가 작지만, 나보다 두 살 위의 대학생이다. 길고 결 좋은 검은 머리가 트레이드마크였다.

　그리고 무엇보다 굉장히 야무진 성격을 갖고 있어서, 나는 누나에게는 뭘 해도 이길 수가 없었다.

　"……후우, 얼추 끝났네…… 그래서 뭐야?"

　공부가 끝난 것인지 누나가 몸을 이쪽으로 돌렸다.

　입으로는 때리러 간다느니 뭐니 말했지만, 나를 바라보는 누나의 모습엔 딱히 화가 난 기색도 없었다……. 정말로, 이러니저러니 해도 늘 상냥한 사람이다.

　"저기…… 갑자기 미안해, 누나."

　"됐어, 딱히. 그래서 무슨 일인데?"

　누나의 그런 말을 듣고 나는 누나의 정면에 섰다.

　'이건 그저, 자신에게 이런 일 따위는 없다는 걸 확신하기 위한 거야. 현실을 직시하기 위한 일일 뿐이야.'

　하지만…… 그건 그거대로 아쉽다고 생각하면서 스마트폰을 꺼냈다.

　고개를 갸우뚱하는 누나를 앞에 두고, 나는 최면 앱을 실행했다……. 그러자, 상황이 뜻밖의 사태로 발전했다.

　"……."

　"……누나?"

　갑자기 누나가 아무 말도 하지 않게 되었다.

　변함없이 나를 바라보고 있지만, 어딘가 눈이 텅 비어

있다고 할까…… 마음이 이곳에 없는 것처럼 보였다.

"……어?"

뭐야, 이거…… 무슨 일이 일어난 거지?

극한의 당황스러움과 혼란스러움을 느끼면서도, 누나의 상태가 걱정돼서 어깨를 흔들었다.

"누나? 왜 그래……."

처음에는 가볍게, 그러나 조금씩 강하게 어깨를 흔들어 보았지만 누나는 반응하지 않았다.

눈을 깜빡이는 것 정도는 하고 있지만, 역시 눈빛은 공허하다……. 그때서야 나는 깜짝 놀라며 스마트폰 화면을 들여다보았다.

"설마……."

거짓말이지?

나도 모르게 누나에게서 시선을 떼고 뚫어져라 스마트폰을 바라보았다……. 확실하게 앱의 타깃은 누나가 되어 있었고, 거짓말인지 진실인지 누나가 최면 상태가 되어 있다는 것을 내게 알려주었다.

"……꿀꺽."

나도 모르게 침을 삼켰다.

나는 두 번, 세 번 스마트폰과 누나 사이에서 시선을 오가다가, 결국 누나에게 이렇게 말했다.

"오른손을…… 들어줘."

"응."

누나가 스윽 오른손을 들었다.

조금도 표정을 바꾸지 않는 누나는 조금 오싹했지만, 계속 어렸을 때부터 함께 지내왔기 때문에 알 수 있었다──. 누나는 아무리 내 부탁이라고는 해도 내가 갑자기 이런 말을 하면 우선 의문을 느껴 무슨 일이냐고 물을 것이다.

어쩌면 날 놀리고 있거나 변덕을 부리고 있을 가능성도 있겠지만…… 누나는 여전히 멍한 얼굴이었다.

"왼손을 들어줘."

"응."

이번에도…… 누나는 내 말대로 움직였다.

"설마…… 진짜인가?"

진짜 되는 건가……?

이런 말도 안 되는 힘이 정말로 존재하고 있었다고……?

말도 안 돼……. 정말이지 말도 안 되지만, 이렇게 알기 쉬운 변화가 실제로 누나에게 일어났고, 지금도 그것은 계속되고 있었다.

나는 경악으로 말문이 막힌 채, 스마트폰을 조작해 최면을 종료했다.

"……어? 내가 지금 뭘 하고 있었지?"

조금 전까지의 멍한 모습에서 곧바로 돌아온 누나는 자신이 지금까지 무엇을 하고 있었는지 전혀 기억하지 못하는 모습이었다.

"어…… 그…… 아무것도 아니야! 미안해, 누나!"

"아, 카이?"

나는 쏜살같이 누나의 방에서 철수했다.

그 후에도 누나가 날 쫓아오는 일은 없었고, 방 밖에서 말을 걸어오는 일도 없었다.

침대 위에서 담요를 머리끝부터 뒤집어쓰고 어둠 속에서 스마트폰을 바라보았다.

쿵쾅쿵쾅 요동치는 심장 박동으로 인해 지금의 내가 엄청나게 흥분했다는 사실을 알 수 있었다.

"진짜…… 진짜야, 이거?!"

이 힘…… 이 최면 앱은 어쩌면 진짜일지도 모른다!

물론 아직 알아야 할 것, 그리고 조사해야 할 것은 더 많겠지만, 이런 힘을 손에 넣었다는 사실에 기쁨을 억누를 수 없었다.

"최면 앱…… 뭐야, 뭐야, 뭐야, 뭐야, 뭐냐고!!"

이 힘만 있으면 나는 무슨 일이든 할 수 있을지도 모른다──. 이것이 최면 앱과 나의 만남이었고, 동시에 마사키 카이의 인생이 이래도 되나 싶을 만큼 뒤집혀버린 순간이었다.

"……흐헤."

이런, 위험했다, 위험했어.

나는 방금 새어나온 음흉한 미소를 본 사람이 없는지 확인한 뒤, 아무도 이쪽을 보고 있지 않다는 사실에 안도했다.

고양되는 기분을 억누르고자 심호흡을 한 후, 나는 거리로 나왔다.

'최면 앱…… 진짜야.'

요 며칠 그렇게 잦은 빈도는 아니지만, 내 스마트폰에 갑자기 깔린 최면 앱에 대한 검증을 진행했다.

덕분에 알게 된 것은 지극히 명쾌했다. 이 최면 앱은 틀림없는 진짜라는 사실이었다.

누나에게 시도한 것처럼 손을 들어달라거나, 내가 지시한 말을 입에 담아달라거나, 혹은 잠깐 걸어보라고 하거나…… 그런 것까지 이 최면 앱은 가능했다.

'……이거, 대단한데……?!'

콧김이 엄청 거칠어졌다.

아직 이 최면 앱에 대해서 알고 싶은 것이나 시도하고 싶은 것은 많았지만, 역시 이 정도의 힘을 손에 넣었다고 하면 나는…… 나는 내가 하고 싶은 걸 마음대로 하고 싶다!

이런 짓이나 저런 짓을 하고 싶다고!!

23

침착하지 못하고 과하게 들떠 있던 탓일까, 나는 작은 실수를 하고 말았다.

"아, 거기 계신 할아버지."

또다시 검증……이라기보단, 그저 한 번 더 이 힘을 사용하고 싶었던 것에 가까웠다. 나는 지팡이를 짚고 산책을 나온 할아버지를 향해 잠깐 뛰어달라는 명령을 내렸다.

할아버지는 지팡이를 내팽개치고 그대로 달려나가려고 했고, 나는 황급히 그를 제지했다.

"아, 안 그래도 돼요! 할아버지, 몸은 소중히 하셔야죠."

명령해 놓고 이런 말을 하는 게 스스로도 어이없었지만, 멍한 눈을 한 할아버지는 고개를 한 번 끄덕이고는 막 뛰어가려던 것을 멈췄다. 무시무시한 힘이군, 이 녀석.

"내, 내가 대체…… 음? 지팡이 없이 걷다니…… 아이고!"

"괜찮으세요, 할아버지?!"

결국 할아버지의 허리가 좋아질 때까지 계속 마사지를 해 드려야 했다.

내가 최면을 써서 이렇게 된 건데, 할아버지는 나에게 연신 감사 인사를 하셨다……. 으음, 그렇게 감사를 받으면 반대로 양심의 가책이 느껴지는데……. 아니! 이 힘을 손에 넣은 시점에서 내 멋대로 하겠다고 했잖아! 악당의 길을 걷기로 결심했잖아…… 그렇지, 카이?!

"……후우, 좀 가라앉았다."

작게 중얼거린 나는 그제서야 걸어가기 시작했다.

내가 향한 곳은 사람의 왕래가 많은 역 앞, 휴일이라 사냥감들이 무방비하게 걷고 있었다.

"……사냥감이라."

뭐, 지금의 내가 보기엔 나 이외의 모든 인간이 사냥감 같은 것이니까.

그렇지만 스마트폰을 보면서 주위를 어슬렁거리고 있으면 의심을 받을 가능성도 있었기 때문에, 나는 최대한 평정을 가장하며 시선을 옮겼다.

조금 전에 할아버지에게 앱을 사용했지만, 이번에야말로 검증을 위해 앱을 사용해 보려던 때였다.

"카이, 거기서 뭐 해?"

"헉?!"

갑자기 등 뒤에서 들려온 목소리에 나는 소스라치게 놀라며 어깨를 떨었다.

순간적으로 뒤돌아서자 그곳에 있는 것은 누나였다. 같은 대학에 다니는 여성 친구들과 함께 있었다.

"누, 누나……."

"……왜 그래? 엄청 놀라네."

"아, 아니, 아무것도 아냐! 응! 정말로 아무것도 아냐!"

들키지 않을 것을 알면서도 무심코 스마트폰을 숨기는 내 행동에 누나가 씨익 웃는다.

"너 혹시 야한 사진이라도 보고 있었니?"

"무슨 소리야, 누나!"

갑자기 무슨 소릴 하는 거야, 이 누나는!

누나의 말에 그 친구들이 키득키득 웃었고, 나는 참기 힘든 수치심에 그대로 고개를 숙였다.

"아~ 미안미안. 너무 놀렸네."

"……정말이지."

있는 힘껏 까치발을 들어 내 머리를 쓰다듬으려고 하는 누나.

내가 그런 누나를 배려해 몸을 살짝 굽혀 쓰다듬기 좋은 자세를 취해 주자, 누나가 흐뭇한 얼굴로 웃었다.

"야아, 우리 동생은 착하네."

"안 하면 안 했다고 집에서 무섭게 구니까."

"뭐?"

"아무것도 아닙니다."

보세요, 누나들. 이게 우리 누나의 본모습입니다.

"얘가 미야코 남동생인가."

"늘 즐겁게 웃으면서 얘기하더니."

"귀여워할 만하네."

오, 의외로 날 향한 반응이 좋은데?

모든 부분에 있어서 작은 누나와는 달리, 이 누나들은 하나같이 몸매가 좋았다……. 나는 역시 최면을 건다면 이런 사람들이 좋겠다고 잠시 생각했지만, 누나의 친구들은 안 된다!

"그보다 누나, 아침 일찍 나가더니 놀고 있었구나?"

"거의 쇼핑이지만 말야. 아침부터 이 녀석들의 인형놀이에 시달렸더니 피곤해 죽겠어~."

"아~……."

누나가 인형처럼 옷을 갈아 입혀지는 상황이 쉽게 상상돼서 조금 웃어버렸는데, 곧바로 정강이를 발로 걷어차였다.

별로 아프지는 않았지만 좀 아파하는 척을 하자.

"아픈 척해도 소용없어."

"역시 누나, 쉽지 않네."

괜히 십몇 년이나 함께 생활해 온 것은 아니라는 건가.

누나는 아직 쇼핑 도중인지 친구를 데리고 그대로 걸어갔다. 나는 그런 누나들을 보고 한마디 했다.

"……마치 엄청난 보호자에 둘러싸인 것 같아."

이런 소릴 본인 앞에서 했다간 살해당할 것이다. 만약 용기를 내서 입에 올렸다간…… 상상만으로도 무섭다.

"나는 내 할 일을 완수해야지!"

기합을 한번 넣고, 나는 나의 사명인 검증을 개시했다.

이후에는 아는 사람을 만나는 일 없이 검증은 원활하게 진행되었고, 이 최면 앱에 대한 이해도도 점점 깊어졌다.

'조심해야 할 건 앱 실행 중에 발생하는 배터리 소모, 그리고 동시에 3명까지 최면을 걸 수 있다는 것. 누군가에게 걸고 있는 동안 또 다른 누군가에게 걸 때는 한 번 해제할 필요가 있다는 것…… 그렇군.'

그러나…… 이렇게 생각하고 있는 순간도 마찬가지였지

만, 실제로 이 앱을 사용하고 있는 지금도 여전히 믿기지 않았다──. 정말로 세상에 이런 힘이 존재하고 있다는 사실이.

"……오?"

그런 식으로 생각하고 있을 때였다.

내 눈앞으로 굉장히 섹시한 성인 여성이 걸어갔고, 조금이지만 가슴팍을 드러낸 복장 때문인지 순간 그 풍만한 가슴골이 성대하게 자신에게 인사해 왔다.

정신을 차리고 보니 나는 어느새 최면 앱의 힘을 쓰고 있었다.

"이쪽으로…… 와주세요."

"알았어."

최면 상태의 여자는 내가 시키는 대로 따라왔다.

이럴 때 존댓말 같은 건 필요 없겠지만, 역시 이 정도로 심장을 두근거리게 만드는 여성이 상대라면 긴장하고 만다.

훌륭한 여성과 학생인 나…… 아마 주위에서 보면 이상한 조합으로 보이겠지만, 나는 최대한 자연스럽게 여자를 데리고 골목으로 들어갔다.

"웃…… 어쩌지, 엄청나게 긴장돼."

쿵쾅거리는 심장 소리가 시끄럽다……. 나는 여성의 시선을 신경 쓰듯 눈을 돌렸지만, 역시나 그곳에는 멍한 얼굴을 한 여성밖에 없었다.

"……."

진정하자. 욕망에 충실하라고.

나는 그렇게 스스로를 고무했다──. 눈앞의 여성은 아무런 저항 없이 내 뜻대로 움직일 테니까.

나는 여성이 지닌, 꿈으로 가득한 그 과실을 향해 손을 뻗었다…… 손을 움츠렸다.

"……누나. 지금 어디 가는 길이에요?"

나는 그만 속으로 자신에게 바보 녀석! 하고 욕을 퍼부었다.

눈앞에 이런 누나가 무방비한 상태로 서 있는데?! 그런데도 나는 내 멋대로 하지 않고 날씨가 어쩌고저쩌고 하는 너무나도 평범한 질문을 하고 말았다……. 젠장, 난 왜 이렇게 한심한 거냐…….

"여동생이 피아노 대회에 나가. 거기로 가는 중이었어……. 열심히 연습했으니까 꼭 응원을 가고 싶어서."

"그렇다면 얼른 가야죠. 실례했습니다."

나는 즉시 그 자리에서 벗어난 뒤 최면을 풀었다.

여자는 어리둥절한 모습으로 주위를 둘러보다가 손목시계를 보고 화들짝 놀라 급히 달려나간다.

"미안한 짓을 했네……."

여동생의 피아노 대회…… 늦지 않으면 좋겠다.

결코 보일 일도, 목소리가 닿을 일도 없겠지만…… 나는 다시 한번 미안하다며 머리를 숙이고 골목에서 나왔다. 그렇게 한동안 걸어가다가 아까의 여성처럼 흠칫 놀란다.

'그, 그러니까 난 대체 왜 이 모양인 거야…….'

분명 악당이 되겠다고, 내 마음대로 하겠다고 결심했는데…… 으음.

아무래도 난 아직 악해지겠다는 마음의 준비나 이 최면 앱을 쓰기 위한 기백이 부족한 모양이었다.

"……기백이라니 뭐야."

쓴웃음을 지은 나는 앱의 과다 사용으로 줄어든 배터리에 주의하면서 계속 검증을 이어나갔다.

그리고 오늘도 어느 정도 지식을 습득한 단계에서, 휴식도 할 겸 아이스크림을 사서 벤치에 앉아 맛보았다.

"……맛있다. 열심히 노력한 후에 먹는 디저트는 최고야."

그렇게 초코 아이스크림을 즐기고 있는데, 멀리서 낯익은 얼굴을 발견했다.

"저건……."

내 시선 끝에 보인 것은 아이사카였다.

평소와는 다른 사복 차림이었지만, 이렇게 멀리서 그녀가 보이는 일은 그리 드물지는 않았다. 그때마다 나와는 다른 수준 높은 패션 센스를 깨닫게 된다. 인싸 레벨의 차이라는 거다.

"그건 그렇고 뭐 하는 거지?"

기본적으로 아이사카는 친구와 함께 있는 경우가 대부분인데, 지금의 그녀는 혼자였다.

주위를 둘러봐도 친구로 보이는 사람 없이 정말 완전한

혼자다.

"……?"

사춘기를 지나는 지금이었기에 아이사카에게 최면을 걸고 싶은 마음은 당연히 있었다.

만지는 것 정도는 자유롭게 해 보고 싶고 그 이상의 일도 물론 해 보고 싶었다……. 하지만 지금만큼은 도저히 그러고 싶은 마음이 들지 않았다.

왜냐하면 아이사카는 계속 시선을 아래로 향하고 있었으니까. 무슨 일이라도 있었던 걸까?

결국 내가 아이사카에게 말을 거는 일도 없었고 그녀가 날 눈치채는 일도 없었기에, 그 표정의 진의는 알 수 없었다.

"뭐, 아무래도 상관없나…… 큭큭."

그래, 나에게 있어서 아이사카가 어떤 고민을 안고 있는지는 상관없다고……. 나는 단지 여자아이와 즐길 수 있으면 그걸로 충분하단 말이다!

"휴우~…… 꽤나 생각이 사악해졌군."

큭큭큭, 다시 한번 악랄한 미소를 지으며 나는 그날의 검증을 무사히 마쳤다.

그리고 그날 밤, 이 멋진 최면 앱을 만나게 해 준 운명에 감사하는 마음을 담아 정좌를 하고 있는데 누나가 내 방으로 찾아왔다.

"카이~ 마사지 좀 해 줄래?"

뚜둑뚜둑 손가락 뼈를 울리며 나에게 오는 모습…… 80

31

퍼센트 정도는 위협의 의미 아닐까?

자기 방인양 당당히 들어온 누나에게 한숨을 내쉬면서도, 나는 방석을 둥글게 말아 베개 대신 누울 수 있게 준비했다.

"센스 좋네♪"

"당당하게 쳐들어온 녀석이 할 말은 아니지."

"뭐?"

"죄송합니다, 누님."

"용서할게. 자아, 가볍게라도 상관없으니까 마사지 좀 부탁해."

"옙."

뭐, 이런 대화를 나누고는 있지만 결코 우리 사이는 나쁘지 않다.

나에게 있어서 누나는 이렇게나 작지만 굉장히 의지가 되는 사람으로, 옛날부터 자주 그녀의 보호를 받았다.

"카이."

"응?"

"오늘 혼자 있던데, 무슨 고민이라도 있었어?"

"그런 건 아니야."

"그래? 무슨 일이 있으면 누나한테 상담해."

이렇게, 보다시피 이 사람은 굉장히 상냥한 사람이다…… 작지만.

"방금 실례되는 생각 하지 않았어?"

"무슨 말씀이시죠?"

역시 누나에게 작다거나 하는 단어는 금지어다.

결코 입에 담지 않았는데 생각만으로도 알아차리는 예리한 촉……. 동생은 누나를 이길 수 없다는 말이 있는데, 특히나 나와 누나 사이에서는 정확하다.

"누나는…… 강하네."

"당연하지. 가끔 겉모습만 보고 무시하는 녀석들도 있지만, 그런 놈들은 한 방에 날려버리고 있으니까."

"……그래."

폭력을 행사했다는 이야기는 듣지 못했기에 진상은 확인할 수 없었지만, 누나의 성격상 평소에도 아무렇지도 않게 그럴 것 같다는 묘한 믿음이 갔다. 진심으로.

"카이도 무슨 일 있으면 날 의지해."

"응."

누나…… 정말 진짜로 좋은 누나다!

하지만 미안해, 누나. 난 무서운 힘을 손에 넣어버려서 이대로 악당의 길을 걸을 거야……. 더 이상은 멈출 수 없어.

"카이도 이제 고등학교 3학년이니까 슬슬 여친이라도 만들어."

"계속 솔로였던 누나가 할 말은 아니지."

"뭐?"

진짜로 미안, 이제 더는 아무 말도 안 할게……. 그렇게 누나에게 겁을 먹으면서도 마사지를 끝내자 누나는 만족한 모습으로 감사의 인사를 전했다.

"하아, 개운하네. 넌 안마하는 방식이 나긋해서 딱 좋다니까."

"그래? 그럼 다행이고."

"또 부탁할게~. 그럼 간다."

누나가 방에서 나가자 마치 폭풍이 지나간 것 같은 고요가 내려앉았다.

손가락에 약간의 피로를 느끼면서 침대에 몸을 눕혔다.

뭘 하려고 했었지? 그렇게 생각한 것도 잠시, 당연하다는 듯이 손이 스마트폰으로 향했다.

"……."

화면을 눌러 실행한 것은 물론 최면 앱.

오늘 있었던 검증이나 지금까지의 일을 포함해…… 나는 마침내 결심을 굳혔다──. 다음 주, 이 최면 앱의 힘을 사용해 야한 짓을 하겠다고.

"……벌써부터 두근거리네."

빨리 그때가 왔으면 하는 기대 반, 오늘처럼 직전에 무서워서 멈추지 않을까 하는 불안 반이었지만…… 여기서 앞으로 한 걸음을 내디딜 수 있을지 어떨지가 내 운명을 결정한다!

"내일 일요일은…… 그렇지. 어떤 식으로 앱을 사용할지 그 시뮬레이션을 좀 해 볼까── 기다려라, 핑크빛 파라다이스. 기다려라, 꿈 같은 주지육림 계획!"

그런 말을 터프하게 내뱉었지만, 곧바로 뒤따르는 민망함에 입을 다물었다.

그래도 내 계획은 더 이상 멈추지 않는다.

반드시 이 힘을 사용해서 내 마음대로 해 주겠어······!

처음 타깃으로 삼을 상대는······ 학교에서도 인기 있는 소녀, 아이사카 마츠리다.

"아이사카 마츠리······ 크으, 너무 기대된다."

아마 지금 나는 굉장히 보기 흉한 얼굴을 하고 있겠지.

평소 같으면 좀 더 늦게까지 깨어 있었겠지만, 아침부터 돌아다녀서 그런지 토요일임에도 묘한 피로감이 몰려왔다.

나는 곧바로 잠을 청했다.

▶▷

한 주가 지나고 월요일, 나는 내 자리에 앉아 정신을 가다듬고 있었다.

뭐, 아직 목적을 실행할 방과 후까지는 시간이 좀 남았지만, 역시 큰 목적을 이루기 위해서는 명상, 아니 집중을 하는 것은 중요하다.

"······스읍······ 하아."

마음을 가라앉히듯이 숨을 내쉬는 나······. 평소와는 다른 내 모습에 아키라와 쇼고가 무슨 일이냐고 물어왔지만,

사실을 있는 그대로 말할 수도 없는 노릇이었기에, 오늘은 막중한 임무가 있어서 마음을 가다듬고 있다는 말만 전해 두었다.

이런 말을 하면 반대로 더 걱정을 사지 않을까 생각했는데, 고등학교 생활을 함께 보내온 덕분인지 알겠다며 수긍하고 물러나 준 것은 감사했다……. 미안하다. 난 지금 번뇌에 젖어 있는 것뿐이니까 정말로 걱정할 필요 없어.

"좋은 아침, 다들."

"아, 어서 와, 마츠리!"

"아이사카, 좋은 아침!"

"오늘도 귀여워, 아이사카."

자아, 시간이 지나 타깃이 등교했다.

평소의 친구들을 포함해 화려한 남자 무리들에게 둘러싸여 있는 아이사카……. 역시 감탄이 나올 만큼 예쁜 미소라 계속 시선이 갔다.

'큭큭…… 난 이제 멈추지 않을 거라고. 오늘이야말로 나는 이 최면 앱의 힘을 써서 어른이 되겠어…… 내 마음대로 휘둘러주마!'

지금의 나는 무적이다.

여러 가지 갈등은 있었지만, 결국은 이 초자연적인 힘에 의지해 사사로운 일은 신경 쓰지 않기로 했다……. 아니, 이 정도의 힘을 손에 넣었으니 내가 가진 갈등 따위는 대수롭지 않은 것이라고 믿기로 했다.

"……."

주위에 둘러싸여 즐거운 얼굴로 웃는 그녀를 보고 있자 아래를 향한 채 혼자서 거리를 걷던 그녀의 모습은 환상이 아니었을까 하는 착각마저 들었다……. 역시 그날 무슨 일이 있었던 걸까.

"뭐, 상관없어……. 나는 오늘 내가 하고 싶은 일을 할 뿐이야."

거리를 지나던 여성에게 앱을 사용했을 때는 우물쭈물 하느라 아무것도 하지 못했지만, 아마 한 번 하고 나면 익숙해질 것이다…… 나라면 괜찮다…… 절대로 괜찮아!

짜악, 기합을 넣기 위해 양볼을 때렸다…… 아파라.

얼얼한 통증이 한동안 이어진 것은 오산이었지만, 꽤 몸에 기합이 들어갔다.

그리고── 간절히 기다리던 방과 후가 찾아왔다.

함께 돌아가자고 권유해 온 쇼고에게 볼일이 있다는 말을 전한 뒤 교실에 남아 아이사카가 잠깐이나마 혼자가 되는 그 순간을 기다렸다……. 그리고 그때가 찾아왔다.

"어? 마츠리, 오늘은 같이 안 갈 거야?"

"아…… 응. 오늘은 볼일이 좀 있어서."

"그렇구나. 그럼 다음에 보자."

"응, 미안해. 그럼 내일 봐."

아이사카는 친구들 무리에서 벗어나 홀로 교실을 나왔다.

나는 곧바로 그녀를 쫓기 위해 몸을 일으켜 그 뒷모습을 향해 다가갔다.

'……볼일이 있다면 오늘은 무리인가?'

악당답지 않은 배려를 할 것 같은 스스로를 타이르며, 이때다 싶은 순간 말을 걸었다.

"아, 아이사카!"

"아…… 어? 마사키?"

갑자기 불러 세웠음에도 불구하고 고개를 돌린 아이사카는 싫은 내색 없이 의리 있게 몸을 돌려주었다.

"무슨 일이야?"

고개를 갸우뚱하는 그 행동이 귀엽다고 생각하면서, 나는 곧바로 앱을 실행해 아이사카를 최면 상태로 만들었다.

누나나 그 밖에 시도했던 사람들과 똑같이 멍한 얼굴이 된 아이사카는 틀림없이 최면에 걸려 있었다. 우선은 1단계가 성공한 것에 기뻐하면서도, 곧바로 나는 이런 제안을 입에 올렸다.

"이, 있지, 아이사카…… 지금부터 너희 집에 가도 돼?"

"좋아, 따라와."

따라오라는 그 말에 심장이 뛰었다.

아이사카의 억양 없는 목소리는 아까도 말했지만 틀림없는 최면 상태…… 지금의 아이사카는 내가 무엇을 해도 거부하지 않고, 무엇을 해도 불평하지 않을 것이다.

그것이 나를 흥분시켰고, 이제부터 더는 물러나지 않고

앞으로 나아갈 것이라는 사실이 더욱 나를 고양시켰다.

"좋아…… 좋아!"

작게 환호하고 있는 나를 두고 아이사카는 걸어가기 시작했다.

그러다가 조금 거리가 떨어지자, 그녀는 이쪽을 돌아본 채 나를 바라보며 더는 움직이지 않았다.

"? 아, 혹시 기다리고 있는 거야?"

최면을 건 사람은 나니까…… 당연한 말인가.

여기는 아직 학교였기에 사람 눈이 많았다. 아이사카 옆에 나란히 서면 눈에 띌 가능성도 있어 불안했지만, 역시 나와 아이사카였기에 그렇게 보는 사람은 없었고 말을 거는 사람도 없었다.

"……."

"……."

학교를 나온 뒤에도 계속 나는 아이사카에게 안내를 받으며 걸어갔다.

긴장만 하고 있느라 잊고 있었는데, 아까 아이사카는 볼일이 있다고 했었지.

"아이사카…… 아까 볼일 있다고 하지 않았어?"

"……없어, 아무것도. 그건 거짓말이었어."

"그, 그래? 왜?"

"혼자 있고 싶을 때도…… 있으니까."

"그건 그렇지."

그렇군……. 당연한 일이지만 아이사카에게도 그럴 때가 있구나.

그렇다면 그럴 때 내가 옆에 있게 되는 셈인데, 뭐 거긴 운명의 장난이니 어쩔 수 없다고 생각하자.

"최면 상태일 때의 기억은 남지 않는다……. 게다가 최면에 걸렸을 때 생긴 시간의 공백에 당황하긴 하지만, 그렇게 큰 영향이 없다는 것도 파악이 끝났어."

참고로 지금의 아이사카에게는 자아가 없기 때문에, 이렇게 최면에 대해 이야기해도 아이사카는 아무것도 모른다.

"그렇게 생각하면 역시 죄책감이 좀 드네. 해서는 안 되는 짓을 한다는 게 실감된단 말이지."

그런 식으로 대화는 거의 없이 아이사카의 집에 도착했고, 자연스럽게 집 안까지 들어갈 수 있었다.

우리 집과 마찬가지로 이층집이었고 아이사카의 방도 2층에 있는 모양이었다.

가볍게 이야기를 들었는데, 아이사카는 외동이고 형제는 없다. 부모님은 일 때문에 매일 저녁 늦게 돌아오셔서 지금은 없다……. 아이사카에게 명령할 수 있는 모든 상황이 완벽하게 갖춰져 있었다.

"왜 그래?"

"……아무것도 아니야."

순간, 정말 순간 부모님 이야기를 할 때 말문이 막혔던 것 같은데…… 뭐, 상관없지. 너무 깊게 생각하지 말고 성대하게 야한 짓을 벌여주자.

"여기가 내 방."

"오오……."

들어간 방을 보고 나는 반쯤 감동했다.

"여기가 여자애 방이구나……. 좋네!"

누나는 여자가 아니냐고요? 그런 말은 하지 않았습니다.

마음속으로 그런 농담을 하면서, 나는 다시 한번 아이사카의 방을 둘러보았다. 낯선 기분이었다.

"엄청 좋은 냄새도 나고, 무엇보다…… 헤헤, 너무 변태 같은 발언인가."

내 흥분과는 상관없이 아이사카는 여전히 멍한 표정이었지만, 배터리를 생각하면 마냥 여유를 부릴 순 없었다.

그걸 알면서도 시간이 끌린 건 시선을 사로잡는 것들이 많았기 때문이다.

누나와 마찬가지로 많은 인형이 침대에 놓여 있는 것이 귀여웠다. 의외였던 점이라면 애니메이션 속 남자 캐릭터가 그려진 달력이 놓여 있다는 점이었다.

저것만으로 애니메이션을 좋아하는지 어떤지는 알 수 없지만, 아이사카였기에 의외였다.

"……좋아."

자, 견학은 이 정도면 되겠지.

나는 드디어 그때가 왔다고 생각하고, 최후의 보루로 존재하고 있던 양심의 가책을 완전히 던져버렸다……. 우오오오오오!

이것으로 나는 이제 무적……. 자, 간다!

"아이사카."

"응."

"옷을…… 벗어주지 않을래?"

말해 버렸다…… 말해 버렸어……!

더는 되돌릴 수 없어…… 아니, 역시 여기서 멈춰달라고 하면 그녀는 벗는 것을 멈출 것이다.

그러나 서서히 드러나는 그녀의 피부에 시선이 못 박힌 나는 아무런 말도 할 수 없었다.

"……와."

교복의 단추가 풀리고, 가슴이 드러난 단계에서 나는 이미 한계였다.

나이가 나이라 그런지, 가슴골이 보인 것만으로도 이미 흥분은 최고조에 달했다. 이 시점에서는 이미 자신이 최악의 짓을 하고 있다는 인식마저 저편으로 사라져 있었다.

하지만 그런 그녀에게 품었던 욕정 역시…… 눈에 들어온 어떤 것으로 인해 저편으로 사라지고 말았다.

"뭐……뭐야, 그게……."

고운 피부? 풍만한 가슴? 장식이 화려한 속옷?

그런 것들이 아무래도 상관없게 느껴질 정도로, 그녀의 팔에 난 선명한 상흔이 눈에 들어왔다.

이런 모습은 만화나 드라마에서만 봤다.

적어도 자신이 아는 사람…… 아니, 조금이라도 관계가 있는 인물 중에 이런 사람이 있을 거라고는 상상도 못 했다.

"……."

솔직히 말문이 막혀버렸다.

그녀는 아직 속옷을 입고 있었지만, 이런 상처를 보게 되면 흥분도 가라앉는다. 아예 사라져 버렸다.

"어째서 그런 게……."

거기까지 말한 시점에 아이사카는 마지막 장벽인 속옷에 손을 가져갔고, 나는 그녀의 팔을 잡았다.

"……잠깐…… 멈춰!"

아이사카는 충실하게 명령에 따라 손을 멈췄다.

손을 멈춘 아이사카는 여전히 멍한 얼굴로 나를 계속 쳐다보고 있었다.

"……뭘 망설이는 거야. 눈앞에 저항하지 않는 여자애가 있는데."

그때 거리에서 본 여성과 달리 이미 아이사카는 나에게 피부를 드러내고 있었다.

여기서 내가 그녀에게 무슨 짓을 해도 기억에는 남지 않을 것이고, 여러 가지 뒤처리는 해야겠지만 그것도 조심하면 그녀는 아무 일도 없었다고 생각할 것이다.

그리고 아이사카는 아무렇지도 않은 평범한 일상을 보내겠지…….

"어째서……."

뭐, 하지만 뭐든 해도 된다는 말은 뭐든 물어봐도 된다는 뜻이기도 했다.

"그 팔에 난 상처, 왜 그런 거야?"

내 물음에 아이사카는 어깨를 흠칫 떨었다.

그녀에게 자아는 없겠지만, 자해 행위를 할 정도이니 무의식으로 느끼는 감정이 있을지도 모른다.

"나……."

약간의 침묵이 지나고, 아이사카는 입을 열었다.

"남친이 있었어."

"……."

남친이 있다. 그 말은 내가 미리 전해들은 사실을 뒷받침해 주는 말이었다.

다른 학교 사람이라는 이야기였는데…… 나, 남자친구가 있는 여자애한테 손을 대려고 했던 건가……. 아니, 잠깐? 있었다는 말은 과거형 아닌가?

"내 소꿉친구인데, 계속 함께 지냈던 남자아이야. 고등학교는 나뉘었지만 중학교 때부터 사귀고 있었어. 아무 일도 없었다면 그대로 계속 이어졌을 거라 생각해."

"응. 근데?"

"근데……."

"아……."

그때, 아이사카의 눈동자에서 눈물이 흘러내렸다.

그럼에도 표정에 변화 없이 눈물만 흘리고 있는 탓에 다소 오싹한 모습이었지만, 아이사카는 이야기를 이어갔다.

"그런데 그건 그냥 내 일방적인 마음이었어. 그는 나에게 더는 아무 감정도 없었고, 같은 학교의 사람과 사귀고 있었어."

"……그래서?"

"이건 바람 아니냐, 그렇게 따져 물었어. 그랬더니 그 녀석은 그게 뭐가 문제냐면서 반대로 나한테 화를 냈고…… 나에게 아무 감정이 생기지 않는 건 나 때문이라고, 바람 피운 상대와 키스를 하면서 그런 말을 했어."

"어……."

이런 일이 가까이서 있었다니. 들으면 들을수록 놀라움과 동시에 상대방 남자가 말도 안 되는 쓰레기라는 생각이 들었다.

물론 나도 아이사카를 내 마음대로 휘두르려고 한 쓰레기라는 것에는 변함이 없다. 하지만 그와 별개로, 설마 그런 만화에서나 나올 것 같은 바람 이야기가 자신의 같은 반 친구에게 일어났다니…….

"그뿐만이, 아닌 것 같은데?"

나는 여자친구가 있었던 적이 없었기에 바람을 피우는 것에 대한 괴로움은 모르겠지만, 아이사카에게 아직 뭔가 더 있는 것 같아 물어보았다.

나의 예상이 맞았는지, 아이사카는 고개를 끄덕이며 말을 이었다.

"바람…… 그건 그거대로 물론 상처를 받았어. 하지만 그 녀석은 있는 일 없는 일 지어내 우리 부모님께 다 말해 버렸어. 아빠와 엄마는 그 말을 그대로 믿어버리셔서 나만 나쁜 사람이 되고 말았어."

"왜 그렇게 되는데……."

그럴 땐 자기 딸을 믿어주는 게 보통 아닌가?

무슨 짓을 하는 거냐며 반대로 상대편을 추궁해 주는 것이 부모로서의 책임 아니냐고…….

"그 녀석은 아빠랑 엄마한테 엄청 사랑받았거든. 그래서 그 녀석이 피해자 행세를 하는 것만으로도 아빠와 엄마는 그 말을 믿으셨고…… 그 녀석의 마음을 이해해 주지 못한 내가 잘못이라는 소리를 지긋지긋할 만큼 들었어!!"

말투가 격앙되면서 흐르는 눈물의 양도 늘어갔다.

나는 결국 참지 못하고 주머니에 넣어두었던 손수건을 꺼내 그녀의 눈물을 닦아주었지만, 그럼에도 가슴에 묻고 있던 그녀의 말은 멈추지 않았다.

"그 사람을 좋아했어……. 아빠와 엄마도 좋아했어. 하지만 갑자기 세상이 전부 반전된 것처럼 모두가 나를 적대시하니까…… 나는 앞으로 어떻게 해야 할지 모르겠어."

"……."

지금까지 믿고 있던 것들이 모두 적으로 바뀌었다…….
나에게는 아직 그런 경험은 없지만, 이런 모습을 보고도 아무것도 눈치채지 못할 만큼 둔감하지는 않았다.

"그래서 그런 거야?"

"응…… 죽고 싶다고 생각한 건 아니지만, 마음이 힘들 때 아픔을 느끼면 반대로 안심이 됐으니까."

"……그래."

그것이 자해 행위를 한 원인인 건가.

그 이후 더는 말이 나오지 않는 것을 보면 아이사카는 가슴에 담고 있던 말을 모두 토해낸 것 같았다.

최면에 걸린 상대는 결코 거짓말을 할 수 없다……. 그러니 이 일은 모두 아이사카가 숨기고 있던 사실이라는 뜻이다.

"아이사카, 계속 교실에서는 잘 지내고 있었지? 친구와 즐겁게 대화도 하고 있고…… 아무한테도 이야기하지 않은 거야?"

"응…… 말할 만한 이야기도 아니니까."

"……여자애들이라면 손을 내밀어줄 거라고 생각하는데."

그럼에도 걱정을 시키고 싶지 않았던 걸까. 아이사카는 상냥하니까.

그래…… 그런 일이 있었나.

언제나 늘 즐거운 얼굴로 떠들썩하게 지내고 있어서, 아이사카 무리가 재잘거리는 소리가 이쪽까지 들려올 정도다.

정말이지 소란스럽고, 정말로 기운 넘치고 귀여운 웃음소리뿐이었다.

"그런 어둠을 안고 있었구나……."

여자친구가 생기지 않는다거나, 최면 앱이 끝내준다거나…… 내가 그런 생각을 하고 있는 사이에도 아이사카는 계속 어둠 속을 걷고 있던 것이다.

팔에 상처를 낼 정도의 어둠…… 이제서야 거리에서 보았던 그녀의 흐린 얼굴이 가짜가 아니라는 사실을 깨달을 수 있었다.

"옷을 입어줘."

역시 이 이상 아이사카에게 뭔가 할 마음은 들지 않았다.

그녀가 모르는 사이에 그 맨살을 보았다는 사실은 없어지지 않겠지만, 들키지만 않으면 됐다.

"아아~, 눈도 새빨갛고 화장도 다 망가졌네."

이건…… 나는 고칠 수 없다.

내가 이 무너진 화장 흔적을 괜히 해결하려고 했다가는 더욱 더 판다 같은 몰골을 만들고 말 것이다.

"남친 일은 그렇다 치더라도 부모님이 그런 식으로 생각하는 건 괴롭겠지. 내가 동정하는 것도 좀 이상한 말이지만."

그녀가 안고 있는 고민에 관해 나는 무언가를 말할 수 있는 입장이 아니다.

아무런 관계도 아닌 생판 타인이니까. 아이사카와는 단순한 동급생 사이로, 시선이 맞으면 가끔 대화를 조금 나누는 정도였으니까.

"일단 손수건을…… 저기."

"……."

눈물을 닦아낸 손수건을 가져가려 했는데, 아이사카가 그것을 꽈악 움켜쥐는 바람에 뺄 수 없었다.

설마 최면이 풀렸나? 그렇게 생각했지만 아직 최면 상태는 계속되고 있었다.

"놔주지 않을래?"

"……."

그렇게 말했지만 역시 손은 떨어지지 않았다.

잠시 쥐게 놔뒀다가 나중에 회수해야 하나…… 딱히 손수건 한두 장 없어진다고 해서 곤란한 일은 없었지만, 저렴한 것이라고는 해도 엄마가 사주신 것이고…… 무엇보다 주인을 알아차리면 상황이 난감해질 테니까.

"그나저나…… 이 앱, 강력하긴 하네."

옷을 벗으라는 명령에 서슴없이 따르고, 아이사카가 숨기고 있던 사실을 말해 버릴 정도로…… 대단한 힘이다.

"……."

스마트폰 배터리가 반 정도 남아 있었다. 그것을 확인한 후 나는 이쪽을 계속 응시하는 아이사카에게 시선을 돌렸다.

"죽겠다는 생각은 아닌 것 같네. 하지만 만약 이 이상 자신을 궁지로 몰아넣는다면 아이사카는……."

그 이상은 생각하고 싶지 않았다.

나와 아이사카는 친구라고 부를 수 있을 정도로 사이가 좋지는 않았지만, 얼굴을 아는 상대가 그런 이유로 사라지는 일은 썩 유쾌하지 않았다.

"아이사카…… 미안해. 지금의 너한텐 무슨 말을 해도 닿지 않을 거고, 애초에 나는 쓰레기지만."

이런 식으로 아이사카의 사정을 듣지 않았다면 어쩌면, 내 욕망에 따라 아이사카를 멋대로 휘둘렀을 세계선도 있었을지 모른다……. 나는 아직 완벽한 쓰레기가 되지 못한 모양이다.

"인생이란 남자가 다가 아니야. 아이사카는 항상 반에서 즐겁게 지내고 있고, 아끼는 친구들도 많잖아? 나와는 달리 많은 사람들이 좋아해."

……뭔가 말하고 나니까 조금 슬퍼졌다.

"어쨌든! 가족에 관한 건 어려운 문제지만, 우선은 널 배신한 남자애는 잊어버려. 아이사카 정도의 미인이라면 더 좋은 녀석들이 줄을 설걸."

거기까지 말하고 나는 몸을 풀듯이 기지개를 켰다.

우두우득 목이나 어깨의 뼈를 울리며 크게 숨을 들이마셨다. 그리고 숨을 뱉은 뒤, 마음 전체를 부딪치듯이 단번에 말을 이었다.

"원래라면 있는 힘껏 핑크빛 파라다이스를 만끽했겠지. 정말로 아까워…… 아이사카의 큰 가슴을 만져보고 싶었는데."

최악의 말만 하고 있네, 나.

아이사카 뿐만 아니라 이성…… 아니, 어쩌면 동성이 듣는다 해도 혐오할 만한 말을 입에 담았지만, 이번에도 아이사카는 그저 빛을 잃어버린 눈동자로 계속 바라보기만 할 뿐 표정을 바꾸는 일은 없었다.

"……."

"……인생에는 여러 일들이 있다는 말이야. 어쩌면 지금은 그렇게 슬퍼하고 있어도, 조금 있으면 진심으로 웃을 수 있을 만큼 재미있는 일이 생길지도 모르잖아?"

정말이지 난 무슨 낯짝으로 이런 말을 지껄이는 걸까.

톡톡, 아이사카의 어깨를 두드리며 몸을 일으킨 나는 그녀가 잡고 있던 손수건을 어떻게든 회수하는 데 성공했다.

"아이사카는 안 되겠네! 좋아, 다음 여자를 찾아보자~!"

뭐랄까, 좀 더 쓰레기가 되어야만 할 것 같다.

나는 이미 결심했다……. 악당이 되겠다고, 최악의 쓰레기 같은 놈이 되겠다고!

내가 이런 식으로 사냥감을 놓치는 것은 이것이 마지막이다……. 크큭, 기다려라, 다음 여자여! 다음에야말로, 반드시 해내고 말겠다!

"실례했습니다~."

아이사카의 집을 나서자마자 최면 앱을 해제했다.

분명 갑자기 학교에서 집에 돌아와 있다는 사실에 당황하겠지만, 그것도 곧 가라앉고 평소대로 돌아갈 것이다.

"……."

어느 정도 떨어진 거리에서 커튼이 닫힌 아이사카의 방으로 시선을 돌렸다.

아이사카 녀석…… 저렇게 될 때까지 혼자서 참고, 몸에 상처를 입히는 여자아이라고는 생각하지 않았는데.

"……그렇단 말이지."

손에 들고 있던 스마트폰을 조작해, 어떤 사진 한 장을 띄웠다.

그것은 최면을 건 아이사카에게 명령해서 전송받은 사진으로, 거기에는 아이사카의 전 남자친구와 바람 상대인 현 여자친구가 찍혀 있었다.

나는 그것을 잠시 확인한 후, 집으로 돌아가는 길과는 다른 방향으로 걷기 시작했다.

▶▷

아마 나는 그냥 바보일 거다.

아이사카에게 한 짓은 틀림없이 최악의 짓이었지만, 나는 다른 짓도 하기로 했다. 이 초자연적인 힘인 최면 앱 덕분에 무엇이든 할 수 있는 기분이었다.

사실 지금도 안쓰럽다는 마음보다 역시 멋대로 조종해 볼걸…… 야한 짓을 해 볼걸 하는 후회가 더 크지만.

"배짱이 커졌다는 증거겠지……. 더 조심하지 않으면 누군가에게 발목을 잡힐 것 같아."

조금 어두워지기 시작했지만, 집에는 제대로 연락을 해두었기 때문에 조금 더 늦게 가도 괜찮았다.

"어디 보자, 저 녀석들인가?"

내 시선의 끝, 거기에는 두 남녀가 걷고 있었다.

멀리서 봐도 아까 스마트폰으로 확인한 얼굴과 일치한다……. 즉, 저 두 사람이 아이사카의 전 남자친구와 그 여자였다.

두 사람이 점점 가까이 다가오자 당연히 재잘거리는 소리도 들려왔다.

"있지. 그 애는 그때 이후로 어떻게 지내? 아직도 울고 있으려나?"

"글쎄. 그래도 가족한테까지 버림받다니 아주 볼 만했어."

"잔인해~♪"

"뭐 어때, 재미있잖아?"

……상당히 알기 쉬운 대화를 나누고 있다.

두 사람 다 나오는 달리 훌륭한 양아치 패션이다. 음, 내가 말하는 것도 그렇지만 아이사카 취향이…… 아니, 소꿉친구 보정도 있었을 테니까 따지지 말자.

그런 두 사람 앞에 서서 나는 이렇게 말했다.

"이봐, 잠깐 시간 좀 내줘."

"엥?"

"뭐야, 이 녀석은?"

진짜로 배짱이 커졌다, 나.

하나부터 열까지 다 이 최면 앱 덕분이지만.

'아이사카, 네 알몸을 봤으니 사과의 뜻으로 내가 할 수 있는 일을 좀 해 볼게. 최면 앱은 상대의 마음의 허물을 벗겨낸다……. 그렇기 때문에 아이사카가 진심으로 이 소꿉친구를 더 이상 좋아하지 않고, 반대로 싫어한다는 것도 알고 있다. 그러니까 뭔가 후련해질 만한 벌을 주겠어.'

그래, 이것은 아이사카의 알몸을 보게 된 보답 같은 것이었다……. 나는 지금 뭘 하고 있는 걸까.

"뭐야, 넌."

"누구야?"

두 남녀는 서로 달라붙은 채 의아한 얼굴로 나를 바라보았다.

남자가 아이사카의 전 남자친구고, 여자가 바람 핀 상대…… 이름 같은 건 전혀 모르지만 그냥 이 녀석들이라고 부르기로 할까.

"……."

사실을 말하자면, 이 녀석들과 마주한 지금에 와서는 내가 대체 왜 이런 곳에 있을까 하는 생각밖에 들지 않았다.

난 그저 아이사카에게 야한 짓을 하고 싶어서 최면 앱을 사용한 건데, 그것이 계기가 되어 그녀의 숨겨진 비밀을 알게 되고, 완전한 타인임에도 이곳에 서 있다.

'이건 그저 자기만족…… 죄책감을 덜고 싶은 것뿐이야.'

그게 아니라면 이 힘으로 기분이 좋아지고 싶은 것뿐이겠지.

"……하아."

"야, 멋대로 불러 세우고 왜 한숨을 쉬는데."

"뭔가 좀 소름 끼쳐~."

그야 이러고 싶을 수밖에.

이 녀석들이 쓰레기라는 건 알고 있었지만, 나와는 달리 남자는 역시 미남이었고, 여자도 그럭저럭 미인이라…… 나도 모르게 나가 죽어라, 인싸놈! 하며 원한 서린 눈빛을 지어보이고 말았다.

'하지만…… 내 취향은 누가 뭐래도 아이사카야.'

아니, 이 자리에서 내 취향 같은 건 관계 없나.

히죽거리는 불쾌한 미소를 띤 여자에게서 잠시 시선을 떼고, 딱 보기에도 나 때문에 언짢다는 표정을 짓고 있는 남자에게 단도직입적으로 물었다.

"거기 너. 아이사카 마츠리라고 알아?"

"응? 마츠리가 뭐."

좋아, 단순히 닮은 사람이 아니라 내가 노린 상대가 확실한 모양이다.

아이사카가 지금 어떻게 지내고 있는지…… 그것을 입에 올리려던 타이밍에 녀석이 씨익 웃었다.

"뭐야, 너 설마 걔한테 반했냐? 혹시 무슨 얘기라도 들었어? 예를 들면 내가 바람을 피웠다던가?"

"……대놓고 자백하는 건가?"

왜인지 내가 아무 말도 하지 않았음에도 술술 자백해 주려는 모양이다.

"너 같은 애가 마츠리 일로 나서다니 좀 의외네. 그 녀석한테 어떤 이야기를 들었는지는 모르겠지만 이미 늦었어. 그 녀석 부모님은 그동안 좋은 이미지를 보였던 나를 더

믿고 있다고……. 하하, 마츠리의 우는 얼굴은 언제 떠올려도 웃기다니까.”

“하아~ 정말 성격 나쁘다니까. 쟤 불쌍해~.”

불쌍하다고 말하는 여자는 웃고 있었다.

뻔뻔한 태도에 내가 할 말을 잃었다고 생각한 것인지, 녀석은 말을 멈추지 않고 더더욱 말을 이었다.

“애초에 연애에 너무 지나친 꿈을 꾸고 있다고, 그 녀석은. 소꿉친구라는 건 이제 아무래도 상관없고, 그 녀석이 아무리 괴로워한다 해도 상관없어. 그보다 아예 이참에 그 녀석이 사라진다 해도 괜찮아── 어차피 그럴 배짱도 없겠지만.”

“…….”

할 말이…… 아무것도 떠오르지 않았다.

이런 식으로 말할 수 있는 녀석은 대부분 상대가 정말 스스로 목숨을 끊을 가능성에 대해 생각하지는 않는다……. 그러니까 이런 식의 무책임한 말을 입에 담을 수 있는 것이고, 남에게 상처를 주는 일을 태연하게 해 버릴 수 있는 것이다.

“……너 진짜 쓰레기구나.”

“뭐라고?”

뭐, 나도 쓰레기 놈이지만.

만난 지 얼마 되지도 않은 상대에게 욕을 먹은 것에 심기가 거슬렸는지, 녀석은 옆의 여자에게서 떨어져 나에게

다가왔다.

코앞에 온 녀석을 본 뒤에도 나는 이상하게 냉정했다.

"다시 한번 말해 봐."

"윽……."

멱살을 잡혀 목이 눌린 탓에 숨을 쉬기 어려웠다.

"좋아, 좋아! 해치워라, 해치워♪"

여자가 응원을 보내듯 장단을 맞추자 손에 실린 힘이 더욱 강해졌다.

'이런…… 이런 녀석과 대화한다는 건 지금까지 상상도 못 했어…….'

나는 이 정도로 사악한 일면을 가진 상대를, 사실 지금까지는 만나본 적이 없었다.

중학교 시절 왕따와 비슷한 사건은 봤지만, 드물게도 서로 화해하면서 평화롭게 해결되었던 게 전부다.

"그 녀석…… 본인의 팔을 그었어."

"그래서?"

"죽을 생각은 없더라도 그 정도로 궁지에 몰렸다는 거지."

"그러니까 뭐 어쩌라고. 설교라도 할 생각이냐, 찌질한 새끼가!"

퍼억, 하고 뺨을 한 대 얻어맞았다.

아프다……. 혀를 깨물었는지 쇠맛이 입에 퍼졌다……. 아, 나 참. 왜 이렇게 무모하게 굴고 있는 거지, 난.

지금까지 싸움 같은 것은 해본 적도 없고, 맞은 적도 없었기 때문에 애초부터 몸이 통증에 익숙하지 않았다……. 그래서 그런지 저절로 눈물이 흘러내렸다.

"뭐야, 촌스럽게! 울잖아!"

"쓰레기가 주제넘는 짓을 하니까 이런 꼴을 당하는 거야. 분수를 알라고, 이 등신아."

더는 상대할 마음이 사라졌는지 두 사람은 그대로 지나쳐 갔다.

"……기다려."

물론 그것을 허락할 수는 없었다……. 아직 내 목적은 달성하지 못했고, 게다가 얻어맞은 덕에 조금 열받았다.

"야, 진짜 때려죽인다?"

"너무 끈질겨~."

돌아선 두 사람은 쓰레기를 보는 듯한 눈빛으로 나를 바라보았지만, 나는 그것에 대해 조금도 겁을 먹지 않았다.

다시 다가온 남자가 손을 뻗은 순간, 나는 최면 앱을 실행했다.

"멈춰."

"윽……."

"……어?"

두 사람을 대상으로 발동된 최면 앱은 훌륭하게 실행되었고, 두 사람은 조금 전의 아이사카 못지않은 멍한 표정으로 뒤바뀌었다.

"……나도 참, 그만 이야기에 열중하느라 앱의 존재를

잊고 있었지 뭐야."

얻어맞은 뒤에야 떠올리다니 진짜 바보 아닌가, 나……. 뭐 그래도, 이걸로 이 녀석들은 내 꼭두각시다── 자, 그럼 처음 목적을 달성해 볼까.

우선 그들이 아이사카의 부모님에게 무슨 짓을 했는지, 그녀에 대해 어떤 생각을 갖고 있었는지 다 실토시킨 뒤, 마지막으로 이렇게 말해 주었다.

"나를 때린 대가로 너는 알몸으로…… 아니, 사람으로서 완전 알몸까지는 봐줄게. 팬티 한 장만 걸치고 소리를 지르며 동네를 전력질주해."

두 사람은 한동안 그 자리에서 움직이지 않다가 "빨리 가"라고 재촉하자 내 앞에서 사라졌다.

"……후우. 이래서야 나도 벌 받겠네."

아이사카에게 사과시키고 부모에게 설명을 시키는 것만으로도 충분했다. 뒤에 한 그 명령은 얻어맞고 바보 취급당한 것에 대한 분풀이에 가깝다.

이미 명령은 던져졌기 때문에 멈출 수는 없었다. 저 남자가 내 명령을 충실히 달성한다면 앞으로 아무렇지도 않은 얼굴로 밖에 돌아다니지는 못할 것이고, 비참한 나날을 보내게 될 것이다.

"이야…… 실제로 명령하고 나니까 좀 무섭네. 빨리 돌아가자."

조금…… 아주 조금 위험한 명령을 해 버린 것에 대한

죄책감은 들었지만, 그 이상으로 꼴좋다는 마음이 더 강했다.

녀석들이 어떤 식으로든 곤욕을 치른다는 것, 게다가 그것을 실행한 나는 최면 앱의 힘 덕분에 들키지 않는다는 우월감. 역시 나도 구제불능이다.

"좋아~ 내일부터 심기일전이다!"

오늘 일은 잊어버리고 당분간은 느긋하게 가자.

그리고 전부 다 잊은 후에, 다시 한번 오늘의 사건을 양식으로 삼아 여자아이를 내 멋대로 휘둘러주겠어……. 좋아! 그거다.

큭큭큭, 새어나오는 웃음을 참으며 나는 집으로 돌아가게 되었다.

"잠깐, 그거 뭐야?"

"어?"

다만…… 당연하지만 붉게 부어버린 뺨에 관해서는 누나나 부모님께 큰 걱정을 받고 말았다.

지금까지 이런 일이 없었던 만큼 더 걱정이 됐는지, 곧바로 누나의 손에 이끌려 가벼운 치료를 받게 되었다.

"이렇게 찢어지다니…… 맞았어? 어디 사는 어떤 놈이 널 때린 거야? 이름을 모르겠다면 얼굴은 기억나? 누나한테 다 말해—— 피바다로 만들어줄 테니까."

누나는 부은 뺨을 부드럽게 쓰다듬어 주고는, 혀를 깨문 부분에도 면봉으로 약까지 발라주었다. 오늘의 누나는 정말 다정했지만, 동시에 나를 때린 상대에 대한 분노도 대단했다.

"……하아, 나답지 않았어."

자기 방에서 혼자가 된 나는 새삼스럽게 그런 생각을 했다.

아무리 아이사카를 위해 뭔가 하고 싶다는 마음이 들었다고는 해도, 그렇게까지 무모한 짓을 하다니 나답지 않았다.

뭐, 최면 앱의 존재를 잠깐 잊고 있었던 건 그렇다 쳐도, 이 힘이 있어준 덕분에 그들보다 우위에 설 수 있었고, 나름대로의 벌도 줄 수 있었으니까.

"……헤헷, 정말 대단한 힘이네, 이건."

아직 조금 얼얼한 뺨의 통증 또한 이 힘이 절대적이라는 사실을 내게 딱 좋게 일깨워주었다.

또 망설이는 일이 있을지도 모르지만, 난 이 힘을 반드시 나 자신의 욕망을 위해 사용하겠다──. 이제 괜찮아, 더는 주저하지 않는다.

"자아, 내일부터는 어떻게 할까."

과연 최면 앱을 손에 쥔 나에게 내일이라는 하루는 무엇을 안겨다 줄까. 그 사실이 참을 수 없이 기대되었다.

오늘은 기분 좋게 잠들 있을 것 같다……. 그런 마음으로 침대에 들어갔지만, 한동안은 잠을 이룰 수 없었다.

왜냐고?

"……아이사카의 몸이 머릿속에서 사라지질 않아."

그래…… 속옷 차림의 그녀 모습이 뇌리에서 사라지지 않았다.

생각하면 생각할수록 예뻤지, 야했지, 하는 생각이 듦과 동시에 역시 멋대로 해 버릴 걸 하는 후회가 다시 치밀었다.

"……윽."

거리에서 만난 그 누나보다도 더 압도적인 섹시함을 느낀 이유는…… 아이사카가 동급생이기 때문일까?

"게다가……."

물론 그 후 최면에 걸린 전 남친 일행의 결말도 신경 쓰였다.

스마트폰의 배터리는 꺼지기 직전이었지만, 그 녀석들은 이미 달려갔고 거리를 생각하면 할 일을 마칠 시간은 충분히 있었을 것이다……. 일단 내일 틈을 발견하면 아이사카에게 최면을 걸어서 확인해 보자.

"……후암."

조금 전까지 잠이 오지 않을 것 같았는데 큰 하품이 새어 나왔다.

방심하면 잠들 것 같은 상황에서, 뇌리에 계속 남아 있는 아이사카의 기억이 마치 수면유도제처럼 작용했고, 나는 그런 최악의 힐링 속에서 잠에 들었다.

다음 날, 나는 내가 궁금해하던 일을 바로 알 수 있었다.

내가 그 두 사람…… 특히 남자 쪽에 명령한 것은 완벽하게 실행된 모양이었다. 근방에서 팬티 한 벌만 입은 채 소리를 지르며 전력 질주하는 남자가 목격되어 경찰서 신세를 졌다고 한다.

"별 위험한 일이 다 있네……."

"우리들 중에 그런 변태는 없겠지?!"

"있겠냐고."

친구 2명의 대화에 귀를 기울이면서, 무관심을 가장하면서도 속으로는 무사히 힘이 발휘된 것에 안심감과 만족감을 느꼈다.

'그 녀석들 일은 솔직히 이젠 아무래도 상관없어……. 큭큭, 설마 이렇게까지 잘 풀릴 줄은 몰랐는데.'

속으로 만족스럽게 웃고 있는데 아이사카가 등교했다.

"다들 좋은 아침~."

"안녕, 마츠리!"

"안녕~!"

평소와 같은 웃는 얼굴의 아이사카…… 이렇게 보고 있으니 그녀에게 최면을 걸었던 이후의 일이 전부 꿈처럼 느껴졌다.

"너 얼굴이 빨갛다?"

"왜 이래?"

"……어?!"

두 사람에게 지적을 받고 나는 얼굴이 약간 뜨거워졌다는 것을 깨달았다.

위험해……. 짐작이지만 아이사카를 보면서 그녀의 맨살 같은 걸 떠올려 버려서 그런 것 같았다.

"아, 아무것도 아니야."

"진짜?"

"아이사카를 보고…… 아하~?"

이상한 오해 하지 말라고!

아이사카를 보고 얼굴을 붉힌 건 확실하지만, 분명 좋아해서 그런 거라고 오해한 거겠지……. 뭐, 그런 의미로 부끄러워하는 게 더 건전하긴 하지만 말이지!

"그런 거 아니야. 나도 분수는 아니까 오해하지 마."

"알아, 알아."

"그래, 그래. 다 알아."

이것들…….

한 방 먹여주고 싶은 마음을 가까스로 억누르고, 나는 다시 한번 아이사카에게 시선을 돌렸다.

나는 타인의 표정을 보는 것만으로 모든 것을 짐작할 수 있을 정도로 날카롭지는 않다……. 그렇기 때문에 어제의 사건을 통해 아이사카가 무엇을 느꼈는지, 무엇을 생각하고 어떻게 되었는지 굉장히 궁금했다.

조회, 수업, 휴식 시간…… 공교롭게도 아이사카에게 최면을 걸 만한 순간은 쉽게 찾아오지 않았지만, 낮 휴식 시간 우연히 혼자 복도를 걷는 아이사카를 본 덕분에 주위에 의심을 사지 않고 빠르게 다가가 최면을 거는 데 성공했다.

"빈 교실로 가자."

"응."

아이사카 뿐만 아니라 일정 범위의 모든 인간에게 최면을 걸 수 있다면 이렇게 속삭일 필요도 없겠지만, 그 정도의 욕심을 부릴 수는 없었다.

나와 아이사카가 들어간 장소는 전혀 쓰이지 않는, 자료 등이 보관되어 있는 어질러진 빈 교실이었다.

"불은 켜지 않아도 돼…… 아."

커튼이 쳐져 있는 탓에 불이 없으면 어두웠다.

이런 와중에 멍한 눈동자를 한 아이사카와 단둘이 있다니, 최고로 야한 공간이 아닌가 하는 생각이 들어 심장이 두근거렸다.

"윽……."

아름다운 외모, 찰랑거리는 머리카락, 풍만한 가슴, 스커트 너머로 들여다보는 허벅지…… 아이사카가 가진 모든 부분에서 시선을 뗄 수 없을 정도로 그녀가 풍기는 매력은 압도적이었다.

"뭐, 뭐어, 뚫어지게 바라보는 정도라면 공짜니까!"

그러니 차분히 감상해 보기로 할까!

그 후 5분 정도 나는 아이사카를 조금도 만지지 않고 관찰했고, 충분히 만족한 뒤에야 입을 열었다.

"어제 일을 자세히 듣고 싶어. 네 전 남친은 어떻게 됐어?"

내 물음에 아이사카는 고개를 끄덕이며 알려주었다. 들어 보니 녀석들은 대부분 내 명령대로 일을 수행한 것 같았다.

"갑자기 집에 와서 놀랐지만, 그 녀석…… 전부 다 솔직하게 말했어. 상태는 이상했지만 거짓말은 뱉지 않았고…… 그 녀석 곁에 있던 여자도 같이 사과했어. 그걸 보시고 부모님도 그제서야 내가 잘못이 없다는 걸 믿어주셨어."

"그렇구나……. 하하, 그래."

일단 어긋나 있던 가족 사이는 회복될 것 같은데……?

그렇게 생각하고 나는 웃었지만, 아무래도 아이사카의 모습을 보니 그렇게 단순한 일은 아닌 것 같았다……. 무슨 일이 또 있나?

"……믿어주지 않았다는 사실이, 나한테 큰 상처였나 봐……. 사과를 받아도 전혀 기쁘지 않았어. 그저 내가 배신당했다는 사실만은 잊지 말아줬으면 좋겠다고……. 그 후로 어제는 아무 얘기도 안 했어."

"…… 그렇구나."

부모님이 믿어주지 않았다는 것, 그 응어리가 아직 마음에 남아 있는 듯했다.

아주 좋아했던 만큼 아이사카의 마음에 생긴 상처가 깊다고 해야 할까……. 이렇게 되면 내가 할 수 있는 일은 아무것도 없었다.

"……뭐, 할 수 있는 건 다 했으니까…… 그래도 있잖아."

"왜?"

"전혀 후련하지 않은 거야?"

"아니, 그렇진 않아. 더 이상 난 녀석을 소꿉친구라고 생각하고 싶지 않고, 왜 그런 짓을 했는지는 모르겠지만⋯⋯ 어떻게든 호된 꼴을 당한 모습을 보니까 속이 후련했어."

그렇구나⋯⋯. 그렇다면 다행이다.

해결 방법이 최선은 아니었다고 해도, 나도 꽤 만족스러웠고, 아이사카가 조금이라도 후련해졌다면 그걸로 됐다.

"⋯⋯아이사카, 팔을 보여줄 수 있을까?"

"응."

아이사카는 교복 소매를 걷어 올려 상처가 난 팔을 보여주었다.

여전히 아파 보이는 팔에 표정이 절로 찌푸려졌지만, 어제 봤을 때와 비교해 새로운 상처가 늘지 않았다는 것에 안심했다⋯⋯. 여기서 또 새로운 상처가 나 있다면 그건 어젯밤에 생겼다는 뜻일 테니까.

"⋯⋯이 상태에서 내가 부탁한다 해도 효과가 있을지는 모르겠지만, 이제 이런 일을 하는 건 그만해. 아이사카가 그런 녀석과 생긴 일 때문에 스스로를 아프게 할 필요는 없으니까."

"응⋯⋯ 응."

"잠깐, 대답이 좀 수상한데?"

그렇게 쓴웃음을 지으며 말해도, 역시 아이사카의 표정

은 변하지 않았다.

차라리 최면을 풀고 직접 전하면 알아줄 거라 생각하지만, 그것은 곧 내 목을 조르는 행위나 다름없었다……. 반대로 의심을 받아 내가 한 짓이 들통나면 모든 게 끝장날 가능성도 있었다.

"……그렇다면 이 상태로 아이사카와 마주할 수밖에 없지……. 난감하네."

애초에 나 자체도 그녀를 이런 최면 상태에 두지 않으면 속 깊은 이야기를 할 수 없는 비겁한 인간이고…… 뭐, 나도 깊이 생각하는 건 관두고 가벼운 마음으로 전하자.

"모처럼 그런 매력적인 몸매를 갖고 있고 내 취향이니까, 제발 스스로를 상처입히지 말아줘. 난 아이사카가 스스로를 너무 몰아붙인 나머지 사라지는 건 싫어."

후반은 그렇다 치더라도 전반은 실로 최악이 따로 없다.

분명 그녀가 제정신이었다면 틀림없이 따귀…… 따귀 하나로 끝날지는 모르겠지만, 한 대 맞았어도 이상하지 않은 말이다. 거기에 최면 상태의 아이사카는 이렇게 되받아쳤다.

"내가 사라지면…… 싫어?"

내 말에 아이사카가 반응하는 것은 이상한 일이 아니었지만, 생각해 보면 의문형의 대답은 처음 아닌가.

신기하다고 생각하면서도 나는 고개를 끄덕였다.

"그야 당연하지. 교류는 거의 없었지만 같은 반 애가 갑자기 사라지게 되면 꿈자리가 사나울 테니까."

"······그렇구나."

"응. 게다가······ 그, 뭐야── 나는 딱히 아이사카에게 반했다거나 그런 건 아니지만, 매일 아침 아이사카의 웃는 얼굴을 보면 눈이 즐겁기도 하고."

말을 하자마자 후회할 정도로 얼굴이 뜨거워져서, 나는 뺨을 긁적였다.

아니, 의식도 없는 상대에게 뭘 이렇게 부끄러워하는 거야······. 나는 내가 느낀 부끄러움을 얼버무리기 위해 충동적으로 이런 말을 해 버렸다.

"있지, 아이사카, 가슴 만져도 돼?"

물론 말한 뒤에는 얼굴이 더 뜨거워졌다.

나 역시 제대로 악당이 되겠다며 심기일전했는데, 결국 하려고 하면 직전에 이렇게 되고 만다······. 아무것도 변하지 않은 사실에 절망했다.

"······하아."

무심코 괴로움 섞인 한숨이 흘러나왔는데, 뜻밖의 대답이 아이사카에게서 들려왔다.

"좋아."

"······어?!"

아이사카가 내 쪽으로 가슴을 내밀었다.

출렁, 큰 가슴이 흔들리는 모습에 침을 한 번 꿀꺽 삼켰다. 그리고 이걸 만져도 좋다는 허락이 떨어졌다는 사실에 또 한 번 삼켰다.

나의 동요는 엄청났지만, 그 이상으로 눈앞에 내밀어진 아이사카의 거유에서 시선을 뗄 수 없었다.

'이, 이게 여자애의…… 굉장하다.'

이미 한 번 이 안쪽을 본 적이 있다고는 해도, 가까이서 새삼스럽게 바라본 아이사카의 가슴은 굉장했다. 크고, 말랑해 보이고, 금방이라도 손이 나가버릴 것 같은 매력을 내뿜고 있었다.

"……흐헷."

엄청나게 음흉한 미소를 흘리며, 나는 손을 뻗었다. 하지만, 역시 만질 수는 없었다.

"미안……. 아직 나한테는 불가능한 영역이었어."

아, 진짜!! 정말 난 왜 이렇게 소심한 거야!

무슨 짓을 해도 절대 들키지도 않을 거고 괜찮을 텐데…… 왜 나는 만지는 것조차 하지 못하는 거냐고……. 아직도 양심의 가책이라는 게 계속 남아 있는 건가?

"나 말이야…… 아이사카의 전남친한테 맞았을 때도 전혀 무섭지 않았거든. 오히려 이자식, 감히 날 때렸겠다? 하는 식으로 맞받아칠 배짱도 있었는데, 그 가슴을 만질 배짱은 없다니. 비웃어도 돼, 아이사카."

"……."

아이사카에게서 대답은 없다……. 알고 있었지만 말이지!

"……아~."

"……."

할 말이 완전히 사라지며 우리 사이에 어색한 공기가 맴돌았다.

내가 뭔가를 묻지 않으면 저쪽에서는 아무 말도 할 수 없기 때문에, 이 어색한 공기의 원인은 나다.

"아, 그보다 미안, 아이사카. 이제 그런 식으로 가슴을 내밀지 않아도 돼."

그렇게 말하자 아이사카는 고개를 끄덕였다.

그래도 여전히 시선은 나를 향하고 있었기에, 말로 형용할 수 없는 긴장감과 두근거림은 그대로였다.

나는 그런 공기를 얼버무리듯이 크흠 헛기침을 하고 스마트폰으로 눈을 돌렸다.

"내가 이 최면 앱을 만나지 않았다면, 이렇게 아이사카와 단둘이 이야기를 나누는 순간도 오지 않았겠지."

비록 내가 만든 일방적인 관계이긴 하지만, 틀림없이 이 시간은 앱 덕분에 성립될 수 있는 것이었다.

"……이 기능을 사용해 볼까?"

사실 아직 이 최면 앱 안에서 사용하지 않은 기능이 있다.

그것은 예약 최면이라고 불리는 것으로, 그 시간이 되면 자동적으로 앱이 실행되어 대상 인간이 최면에 걸린다고 한다.

다만 예약하는 경우는 미리 그 사람에게 걸어둬야 하는데, 예를 들면 지금의 아이사카에게 다시 한번 최면을 거는 식이라도 상관이 없었다.

"그러니까…… 이렇게인가? 아이사카, 내일도 또 점심을 먹고 나면 여기로 혼자 와 줘."

"알았어."

이걸로 된…… 건가?

최면 앱에 대해 어느 정도 이해했다고는 하지만, 지금까지는 그저 최면을 거는 것에만 만족하느라 예약 최면은 거들떠보지도 않았다.

일단 이것이 잘 발동하는지 어떤지는 내일 아이사카가 이곳에 최면 상태로 올지 어떨지로 확인해 보기로 하자.

"좋아, 이제 돌아가도 좋아, 아이사카."

"응."

"……스스로를 더는 상처입히지 마. 너한테 무슨 일이 생기면 슬퍼하는 사람들이 있다는 걸 잊지 마."

"응…… 고마……."

"어?"

아이사카는 무언가를 말하려다가, 내 명령에 따라 그대로 교실을 나가버렸다.

그 후 슬슬 마무리하자는 생각에 최면 앱을 해제하고 한 번 화장실에 갔다가 후련한 기분으로 교실로 돌아갔다.

▶ ▷

결론을 말하자면 아이사카에게 걸었던 예약 최면은 다음 날 제대로 작동했다.

점심시간이 되자마자 나는 빈 교실로 향했고, 그 후 얼마 지나지 않아 전날과 비슷한 시간대에 아이사카가 찾아왔다.

일단 설명으로 들어 알고는 있었지만 갑자기 앱이 실행되어 깜짝 놀랐는데, 그래도 아이사카가 확실하게 최면 상태인 것은 확인했다. 또 하나의 새로운 기술을 습득하게 된 셈이었다.

이렇게 되니 아이사카가 혼자가 되는 순간을 집요하게 기다릴 필요도 없었다. 덕분에 요 며칠 간은 계속 점심시간에 그녀를 불러내고 있었다.

"그래, 오늘도 팔에 상처는 안 만들었네."

"응…… 약속, 했으니까."

"……최면 앱을 사용해서 한다는 게 고작 상담이라니."

맙소사, 하며 고개를 저으면서도 나는 사실 이 시간이 조금 즐거웠다.

그리고…… 그리고, 그리고! 며칠 간의 교류를 거쳐 나는 한 단계 레벨업을 완수한 상태다!

"아, 아이사카."

"응."

"또…… 안아줄 수 있을까?"

"좋아."

나의 요청에 응한 아이사카가 내 머리를 끌어안으며……
그 풍만한 가슴으로 이끌었다.

안면을 감싸는 부드러운 감촉은 물론 아이사카가 가진
향기도 너무 좋다……. 이것을 받으면 하루의 피로가 싹
풀리는 데다 삶을 살아갈 활력마저 무한하게 넘쳐흐르는
기분이었다.

'용기를 내보길 잘했어.'

아이사카가 이렇게 해 주게 된 것은, 내가 용기를 가지
고 나아간 결과였다.

아직 내가 나서서 만질 용기는 나지 않았기에 반대로 아
이사카에게 이렇게 해 달라고 명령했고, 그 결과가 이 행
복한 공간을 내게 안겨준 것이다.

"아이사카도 참 운이 없네. 나한테 찍혀서 이런 짓을 당
하고 있으니."

지금의 나, 최고로 사악한 악당의 얼굴을 하고 있지 않
을까.

"내 시대가…… 열렸구나!"

최고의 부드러움에 휩싸이면서 나는 그렇게 선언했다.

그래, 드디어 최면 앱에 의해 내 시대가 시작되었다고
해도 과언이 아니다……. 어쩌면 이제, 진정한 의미에서
내가 아이에서 어른으로 성장할 순간이 머지 않았을지도
모른다!

"여자의 가슴에는 꿈이 가득 차 있다고 하지만, 정말 맞

는 말이야. 이건 도저히 못 멈추겠어."

탱글탱글하고 부드러운 감촉을 한껏 만끽한 뒤, 자세를 바꿔 무릎베개를 받았다.

가슴에 얼굴을 묻는 쪽이 훨씬 더 과감한 행위이긴 하지만, 무릎베개도 내 기준으로는 절대로 누려볼 수 없는 일…… 으음, 최면 앱 최고다!

"……응?"

무릎베개를 즐기는 내 머리를 무언가가 만지고 있다. 그것은 아이사카의 손이었다.

어라……? 내가 하는 김에 머리도 쓰다듬어 달라고 했던가?

"……뭐, 상관없나."

세세한 것에 신경 쓰는 것은 관두고, 나는 절경으로 눈을 돌렸다.

빛이 없는 눈동자로 내려다보는 아이사카는 그렇다 쳐도, 눈앞에 매달린 크게 부풀어 오른 가슴이 무척 장관으로…… 허락만 된다면 계속 이렇게 바라보고 싶을 정도였다.

"……꼭 조만간 만져주겠어."

그렇게 결심을 되새기며, 나는 다시 한번 아이사카에게 말을 걸었다.

"가족 쪽은 어때?"

"상당히 신경 써주고 계셔. 전보다는 훨씬 좋아."

"그렇구나. 그럼 다행이네."

"응."

이런 식으로 아이사카에게 근황을 묻는 일도 이제는 일상이었다.

아이사카의 의사를 무시하고 이런 일을 벌이고 있는 내가 아이사카를 걱정할 자격이 없다는 것은 알고 있지만, 관여해 버린 이상 신경은 쓰이니까.

"전 남친은?"

"뭔가 일이 커진 것 같아. 그 녀석의 가족은 물론 주위 사람들도 엄청나게 충격을 받은 모양이야."

"그렇겠지."

갑자기 팬티 한 장만 걸치고 소리를 지르며 뛰어다니면 그럴 만하지.

"하지만…… 꼴 좋다는 기분은 사라지지 않아. 갑자기 머리가 이상해져서 그런 짓을 한 건지는 모르겠지만, 나를 괴롭게 만든 대가를 치르고 있는 것 같아서 기분 좋아."

"솔직하네."

아무리 상처를 준 상대라고는 해도, 그 소꿉친구에게 아이사카가 복잡한 감정을 조금이라도 품고 있었다면 미안함이 들었을 것이다. 하지만 그녀에게서 그런 모습은 전혀 볼 수 없었기에 나 역시 다행이라며 생각을 바꿨다.

"아까도 말했지만 그때 이후로 팔에 상처를 만들지 않아서 안심했어. 그딴 쓰레기들 때문에 아이사카가 상처받을 필요는 절대 없으니까."

"응."

"뭐, 이렇게 너한테 최면을 걸고 제멋대로 구는 내가 몇 배는 더 쓰레기지만 말야! 아하하하!"

나 말이지, 이제 스스로를 쓰레기라고 하는 것에도 익숙해졌다.

그 전 남자친구가 했던 것처럼 바람을 피운 것도, 심한 말을 한 것도 충분히 최악인 것은 맞다. 하지만 사실 일반적으로는 있을 수 없는 힘을 사용하고 있는 내 쪽이 쓰레기 레벨은 훨씬 높을 것이다.

"마사키는 나를 도와줬어……."

"겨우 그 정도로 도와줬다고 하지 마. 내 멋대로 한 것뿐이야."

거기까지 말하고 나는 몸을 일으켰다.

"슬슬 점심시간도 끝이네. 고마워, 아이사카. 평소처럼 교실로 돌아가 줘."

"응……."

"아이사카?"

교실을 나가기 직전, 아이사카가 한 번 이쪽을 돌아보았다. 하지만 곧바로 그녀는 교실을 나갔다.

"……뭐지?"

내가 뭐라고 말하지 않으면 저 상태의 아이사카는 절대 반응하지 않는다.

뭐, 그게 나를 향한 반응인지 아닌지는 모르겠지만, 아무 말도 걸지 않았는데 갑자기 뒤를 돌아본 것에는 솔직히 놀랐다.

"……혹시 풀렸나?"

깜짝 놀라 스마트폰으로 눈을 돌렸지만, 아직 배터리는 제대로 남아 있고 최면 앱 자체가 강제로 꺼진 것 같지도 않았다…… 으음~?

"뒤를 돌아봤을 때 뭘 멋대로 조종하는 거야, 하면서 화를 냈다면 최면 앱에 문제가 있다고 생각했겠지만……."

아니, 그렇게 되면 모든 게 끝장나는 거잖아!

약간의 불안함을 느끼면서도, 스스로에게 최면 앱은 절대적이고 이 힘은 무적이라고 되뇌면서 나도 잠시 후 교실로 돌아갔다.

원래라면 있을 수 없는 천국을 최면 앱 덕분에 맛보고 있는 덕분일까. 수업 도중에도 아이사카의 몸의 감촉을 떠올리자 자꾸만 웃음이 새어 나왔다.

'이런, 안 되지. 정신 바짝 차려야겠다.'

마음속으로 그렇게 생각했지만, 곧바로 머릿속이 아이사카에 대한 생각으로 가득 차버렸다.

지금까지 누나를 제외하고 비슷한 나이대의 여자와 관계가 없었던 폐해인가……. 아니, 이건 그런 게 아니잖아.

'최면 앱 덕분에 할 수 없는 일을 할 수 있다니……. 성적 취향 같은 게 여러모로 뒤틀린다 해도 이상하지 않겠어, 이거.'

나는 악당이 될 것이다……. 하지만, 이성을 잃은 짐승
만은 되지 않도록 조심하자──. 그렇게 결심했다.

하지만 이미 경험해 버린 달콤한 열매를 잊을 수 없는
것도 사실.

주위 학생들에게 의심을 받지 않도록 조심하고 있었는
데, 그 작은 욕망의 장벽도 휴식시간에는 깨끗하게 무너
져, 여느 때처럼 곁에 온 친구 두 명에게 무슨 일이냐며 걱
정을 받았을 정도였다.

"갑자기 왜 그렇게 웃냐. 괜찮아……?"

"뭐 이상한 거라도 먹었어?"

"신경 쓰지 마."

진지한 얼굴로 그렇게 대답했지만, 곧 다시 얼굴이 풀어
졌다.

흐헤헤. 스스로도 징그럽다고 생각되는 웃음이 새어 나
오자 역시 불쾌함을 느꼈는지 둘 다 질색하는 표정이었다.

"설마……."

"뭐야? 쇼고."

나에게 시선을 향한 채, 쇼고가 손가락을 척 내밀며 입
을 열었다.

"카이…… 너 이 녀석…… 특수한 힘에 눈을 떴구나!"

두둥, 하는 효과음이 들린 기분이었다.

"뭔 소릴 하는 거야, 너."

과장되게 손가락을 들어 지적해 오는 쇼고를 보고 나는

쿨한 척 대꾸했지만, 심장은 귀를 기울이면 들릴 정도로 쿵쾅쿵쾅 요동치고 있었다.

"특수한 힘이란 게 뭔데?"

"그야 뻔하지. 여자애를 마음대로 조종할 수 있는 야한 능력이야!"

그러니까 왜 그렇게 묘하게 핵심을 찌르는 건데!

쇼고가 내 일을 전부 알고 있는 것도 아닐 테고, 하물며 최면 앱에 대해서 눈치채고 있는 것도 아닐 텐데, 뭐냐고 이 예리함은.

"마츠리~!"

"왜애~?"

친구 두 사람의 이야기에 귀 기울이는 사이, 자연스럽게 아이사카의 목소리가 들렸다.

우리와 마찬가지로 친구들과 즐겁게 대화를 나누는 아이사카. 그런 그녀를 보고 있으니 역시 점심시간 일이 떠올랐다.

'……부드러워서 기분 좋았지.'

그건 좋았다……. 정말로 좋았다.

물론 들키지 않게 세심한 주의를 기울여야 하겠지만, 나에게는 최면 앱이 있다……. 앞으로도 내가 원할 때 하고 싶은 것들을 마음껏 할 수 있다.

설령 주저하느라 앞으로 나아가지 못한다고 해도, 시간은 충분히 있다……. 그러니까 서두를 필요는 전혀 없다.

"오늘 방과 후는 어쩔 거야?"

"아~ 어떻게 하지……. 무슨 일 있어?"

아이사카가 워낙 눈에 띄는 탓에 친구들까지 포함해 목소리가 잘 들렸다.

최면 상태의 그녀는 조금 목소리가 낮았다. 이런 식으로 밝고 유쾌한 목소리로 말해 주길 바라는 건 역시 과한 욕심일까……. 그래, 머지않아 아이사카의 가슴 같은 곳도 실컷 만져줄 생각이니 그건 참자.

'그보다, 가슴을 만진다는 문제를 떠나서, 난 그 아이사카의 가슴에 얼굴을 파묻었을 뿐만 아니라 안기기까지 했는데?! 최면 앱의 힘이라고는 해도, 이제 목표까지 거의 다 온 거나 다름없지 않나?'

그런 생각을 하자 내 안에 잠든 에로스가 뜨겁게 타올랐다.

이글이글 타오르는 그것의 행방은 아직 알 수 없지만, 우선 버려야 할 부정적인 유산이 있다──. 바로 동정이라는 상태다.

"기필코 버리겠어……."

"뭐를?"

"쓰레기를?"

……후우, 일단 난 고민하면 주위가 보이지 않게 되는 버릇을 고치는 게 급선무였다.

어쨌든 나는 좀 더 자신감을 가질 필요가 있었다.

아키라와 쇼고의 이야기에 귀를 기울이면서, 나는 주머니 안에 넣어둔 스마트폰을 쓰다듬었다.

'이 녀석은 이제 나에게 있어서 필수야……. 말하자면 파트너란 녀석이지.'

내 안에서 최면 앱을 부르는 호칭이 파트너로 바뀌게 된 순간이었다.

이봐, 파트너. 앞으로도 나는 내 마음대로 할 거다.

그러니까 부디 그 힘을 빌려줘──. 만화나 애니메이션 속 캐릭터처럼, 내가 야한 일상을 보낼 수 있게 도와줘!

에로스를 향한 내 결의가 표정에 선명하게 드러난 것일까. 어째서인지 선생님의 지명을 받고 말았다.

"마사키, 상당히 기합이 들어간 표정이네. 그런 얼굴로 수업을 들어주다니 선생님은 감동했다──. 이 문제, 네가 풀어 봐라."

"아, 네."

일단…… 수업은 성실하게 듣자.

당연한 일이었지만, 새삼스럽게 그렇게 생각하게 됐다.

내가 최면 앱……이 아니지.

　파트너와 만나고 그 힘을 미소녀 갸루인 아이사카에게 사용한 지 얼마 지나지 않았다.

　의심받지 않을 수준으로 예약 최면을 걸어 아이사카를 호출하고, 언제나와 똑같이 그 풍만한 몸에 감싸인 채로 아이사카의 상황에 대해 확인하는 것은 이미 내 일과가 되어 있었다.

　"요즘 나 엄청나게 삶이 충실한데?"

　이것도 모두 파트너 덕분이라고 해도 과언이 아니다.

　그런 이유도 있어서, 요즘은 매일 잠들기 전 파트너를 향해 감사의 말을 건네고 있을 정도다.

　"슬슬 다른 여자아이를 타깃으로 삼아도 좋겠지만…… 지금은 아이사카가 너무 좋단 말이지."

　그래, 정말이지 아이사카와 보내는 시간이 너무 좋아서 다른 여자아이에게 눈을 돌릴 틈도 없다……. 이러니까 마치 한결같은 순정파 남자 같지만, 그 속은 저항하지 못하는 여자애를 마음대로 조종하는 악당…… 훗, 나도 제법 익숙해졌군.

　"오늘도 신세 질게, 파트너."

　스마트폰을 향해 그렇게 중얼거리고 방을 나온 타이밍

에 누나와 딱 마주쳤다.

부럽게도 누나는 오늘 쉬는 날이라 하루 종일 집에서 나가지 않고 여유롭게 보낸다고 했다.

"어머, 지금 나가는 거야?"

"응. 갔다 올게."

"다녀와……. 아, 카이."

"왜?"

계단을 내려가는 도중 누나의 부름에 몸을 돌렸다.

가까이 다가온 누나는 여느 때처럼 작았지만, 계단의 단차 덕분에 얼굴 높이는 거의 비슷했다.

정면에 마주 선 누나는 별말을 하지 않고, 그저 웃으며 슥슥 내 머리를 쓰다듬어 주었다.

"으음…… 왜?"

"카이가 요즘 굉장히 즐거워 보이길래. 무슨 좋은 일이 있나 궁금하긴 하지만, 누나 입장에서 보면 이유가 뭐가 됐든 너만 즐거우면 그만이지."

"……."

누나…… 이렇게 기쁜 말을 해 주다니.

곧바로 빨개진 얼굴을 보이기 싫어 시선을 피했지만, 키득키득 웃는 누나를 보니 별 의미는 없었던 모양이다.

"그럼 이번에야말로 잘 다녀와."

"응."

아침부터 이런 기분을 느끼게 해 줘서 고마워. 그런 마음을 가슴에 품고 나는 집을 나섰다.

이렇게 즐겁게 지내고 있는 이유가 이유인 만큼 누나에게는 약간 미안한 마음도 들었지만, 이제 와서는 새삼스러운 일이었다.

"좋아, 오늘도 아이사카와 즐거운 일을 해 볼까~."

빨리 예약 최면이 발동하는 점심시간이 되기만을 기다렸다. 그 생각만으로도 얼굴에 음흉한 미소가 번졌다.

졸린 상태로 학교까지 향하는 이 시간이 늘 귀찮기만 했는데, 지금은 너무 기대돼서 참기 힘들었다──. 이것이야말로 에로스의 힘, 역시 야함이 세계를 구한다는 말은 진실인 모양이다.

고양된 기분으로 길을 걸어갔고, 학생의 수가 조금 많아진 시점에서 나는 어떤 여자애에게 눈을 돌렸다.

"저건……."

찰랑이는 머리를 흔들거리며 당당하게 걷는 빼어난 미소녀── 혼마 에무. 나보다 한 살 아래의 후배였다.

아이사카 정도는 아니지만 그녀도 몸매가 좋았고, 쿨한 분위기까지 어우러져 무척 인기가 많은 애지만…… 얼음여왕이라는 좀 민망한 별명을 가지고 있었다. 고백해 온 남자를 잔인하게 차버린다고 해서 붙은 것이다.

"얼음 여왕이라…… 큭큭, 좋네."

학년도 다르기 때문에 나는 혼마와 이야기해 본 적도 없고 어떤 인품인지도 전혀 모른다.

성격이야 어쨌든 겉보기에는 훌륭할 정도의 미소녀였으니 언젠가는 저 아이에게도 마수를 뻗어주마! 얼음 여왕이라고 불리는 쿨한 여자아이를 내 마음대로 할 수 있다니 최고잖아.

"이렇게 내 악당 레벨도 점점 더 올라가는구나."

그러니까 기다려라, 혼마. 언젠가 반드시 너에겐 온갖 파렴치한 모습을 선보이게 만들어줄 테니까 말야!

불끈 주먹을 쥐어 보인 순간, 앞을 걷던 혼마가 나를 향해 돌아보았다.

"……어?"

주먹을 쥐고 있던 나는 그대로 굳은 채 이도 저도 하지 못했다.

설마 욕망이 들킨 것일까, 아니면 목소리로 나온 것일까. 여러 가능성을 생각했지만 혼마는 아무 일도 없었다는 듯 앞으로 몸을 돌려 그대로 걸어가 버렸다.

"……뭐고?"

나의 그런 중얼거림은 허무하게 공기 속으로 녹아들어 사라졌다.

내가 보기에 그건 뭔가 신경 쓰이는 게 있어 뒤를 돌아본 것에 가까웠는데……. 한마디 덧붙이자면 얼음 여왕이라고 불리는 것이 납득될 정도로, 서늘함을 두른 단정한 얼굴도 두근거렸다.

"반드시 성공해 주겠어……. 지금은 그 마음만으로도 충

분해."

파트너, 기억해 둬──. 저것도 내 사냥감이니까.

과연 혼마는 최면 때 어떤 모습을 보여줄까, 그것을 상상하면 아이사카 때와 비슷한 흥분이 나를 덮쳤다.

잘 생각해 보면 이 학교에는 아이사카나 혼마와 마찬가지로 미인이라고 불리는 여자아이들이 많았다. 아직 나에게 남은 즐거움은 끝나지 않았다는 생각에 심장이 들썩였다.

"좋은 아침~."

학교에 도착하고, 교실에 도착한 뒤에도 두근거림은 가시지 않았다……. 그 말은 즉 계속 음흉한 생각을 하고 있었다는 뜻이다.

아이사카와 혼마, 그리고 아직 보지 못한 미소녀들…… 그것을 생각하던 나에게 설마 하던 인물이 말을 걸어왔다. 내 사고가 한순간에 정지했다.

"마사키, 잠깐 괜찮을까?"

"……느헷?"

얼빠진 대답을 해 버린 내가 목소리의 출처로 시선을 돌리자, 그것은 아이사카였다.

"아이사카……?"

어째서……?

어째서 아이사카가 나한테 말을 걸어온 거지……?

같은 반이니까 딱히 이상한 일은 아니지만, 그렇다 해도 이런 이른 아침에 최면 상태도 아닌 아이사카가 말을 걸어

오는 일은⋯⋯ 지금까지 없었다.

설마 최면에 관한 일을 들켰나?

그런 있을 수 없는 불안을 잠시 느꼈지만, 아이사카의 표정에서 그렇지 않다는 사실을 금세 알 수 있었다.

"봐, 저거."

"저거?"

아이사카가 휙 하고 손가락으로 가리킨 곳은 칠판.

그 구석에 오늘의 당번이 나와 아이사카라고 적혀 있어 나는 아아, 하고 납득하며 몸을 일으켰다.

"미안, 아이사카. 금방 갈게."

"응."

다른 고등학교는 어떤지 모르겠지만, 우리는 조회 전에 당번이 일지를 교무실까지 가지러 가는 것이 정해진 관습이었다.

잊어버린다 해도 선생님이 가져다주긴 하지만, 그렇게 정해져 있다면 성실하게 수행하는 편이 훨씬 낫겠지.

"마사키와 당번을 하는 건 처음이네?"

"그러게."

아이사카의 물음에 고개를 끄덕인 뒤 나는 그녀와 함께 별말 없이 교무실로 향했다.

선생님에게 일지를 받아들고 다시 돌아가는 도중, 나는 정말로 이상한 질문을 아이사카에게서 받게 되었다.

"있지, 마사키."

"응?"

"마사키의 목소리, 차분하다는 말 많이 듣지 않아?"

내 목소리가 차분하다고……? 대체 무슨 소리를 하는 거야, 이 애는.

어리둥절해하는 나를 보며 아이사카는 미안하다며 쓴웃음을 지었다.

"갑자기 미안해. 왜 그렇게 생각했는지는…… 으음, 나도 잘 모르겠어. 그래도 뭔가 안심이 된다고 할까, 그냥 좀 이상한 느낌이 들어서."

"……흐음~?"

아무래도 내 목소리에는 여성을 안심시키는 힘이 있는 것 같다…… 아니, 그럴 리가 있나.

"미, 미안해, 정말로……. 신경 쓰지 마!"

"……응."

큰 소리에 좀 놀랐지만, 그 이상으로 약간 뺨을 붉히고 있는 아이사카가 무척 귀여웠다……. 뭐랄까, 평소에 교류가 없는 나에게도 이런 식으로 대해 주는 아이사카를 보고 있으면, 역시 최근 유행하는 오타쿠에게 다정한 갸루를 보는 기분이었다.

"그, 뭐야……. 오늘 하루도 잘 부탁해."

"응, 잘 부탁해."

생긋, 아이사카가 미소 지으며 고개를 끄덕였다.

아이사카는 굉장한 미인인 데다 표정도 풍부하고 꾸밈

없는 언행이 많아서 보고 있으면 왜 인기가 많은지 알 수 있다.

하지만! 그런 그녀조차 내 힘에서 벗어날 방법은 없지…… 큭큭큭, 오늘 점심시간도 충분히 즐겨주겠어!

"……그리고 최악의 시간이 다가왔습니다!"

시간은 흐르고 흘러 또다시 점심시간.

언제나처럼 빈 교실을 방문한 나, 그런 나보다 조금 늦게, 아이사카는 오늘도 또 최면 상태로 찾아왔다.

"그럼 아이사카, 또 평소대로 부탁해."

"응."

이리 와, 하고 말하듯 팔을 벌린 아이사카에게 나는 뛰어들었다.

뺨에 푹신푹신한 부드러움을 느끼면서 나는 아침의 일을 떠올리고 입을 열었다.

"아니, 아침에는 그런 말을 들었는데, 진짜 나는 이런 짓을 하고 있단 말이지."

목소리가 차분하다? 신기한 느낌이라고?

미안하지만 아이사카, 진짜 나는 이런 식으로 의식도 없는 너를 마음대로 휘두르고 있을 뿐인 쓰레기 놈이라고.

슥슥 얼굴을 비비자 그 강약에 의해 모양이 바뀌는 아이사카의 풍만한 바스트…… 으음~ 최고다!

"……그래도."

힐끔, 나는 시선을 들었다.

여전히 빛이 없는 눈동자를 나에게 향하고 있는 아이사카는 틀림없는 최면 상태. 내가 말하는 것을 충실하리만치 수행하는 인형으로 변한 상태다……. 이런 모습을 보고 있으면 그렇게 말해 준 아이사카에게 좀 미안한 마음도 들었지만, 그럼에도 이 최고의 시간을 포기하겠다는 생각은 들지 않았다.

"……후우, 만족했어."

"이제 됐어? 아직 시간 많은데?"

얼굴을 뗀 나에게 아이사카가 그런 장난스러운 말을 했다.

처음에는 내 질문에 반응하는 정도였는데, 최근에는 아이사카 쪽에서 이런 식으로 물어보는 일도 늘었다.

이건 파트너의 힘인가? 잘은 모르겠지만, 아이사카가 최면 상태라는 것은 의심할 여지가 없다. 왜냐하면 쓰레기 같은 변태 동급생에게 제정신인 상태에서 이런 제안을 하는 여자애가 있을 리 없으니까.

"고마워, 아이사카. 하지만 오늘은 조금 느낌을 바꿔보고 싶어서……. 으음, 내 팔을 좀 끌어 안아줄래? 왜, 연인한테 달라붙는 느낌으로."

"알았어."

내 말에 고개를 끄덕인 아이사카는 내 옆으로 이동해 팔을 꼭 끌어안는다.

"……최고다."

이런 건 야한 짓도 뭣도 아니다……. 그럼에도 여자아이에게 이런 것을 받으니 만족감이 정말 굉장했다.

"좋구나, 좋아."

파트너의 힘으로 상대를 정복하는 흥분감도 좋지만, 그 이상으로 이렇게 행복을 만끽하는 것 또한 최고였다.

나는 팔에 느껴지는 커다란 풍만함을 느끼며 아이사카에게 거리낌 없이 질문했다.

"이렇게나 크면 여러모로 힘들지 않아? 가슴이 큰 여자는 속옷 같은 것도 고르기 힘들다고 들었는데."

평소라면 절대로 물어볼 수 없는 것도 이렇게 물어볼 수 있었다.

"응. 돈도 많이 들고 어깨도 결리니까……. 게다가 음흉한 시선도 잔뜩 받아."

"그건 어쩔 수 없지. 이렇게 훌륭한 가슴을 갖고 있으니 남자라면 누구라도 보고 싶을걸."

실제로 내가 그렇고. 심지어 얼굴로도 느끼고 있었다.

내가 아는 최면 앱 장르물에서는 그저 야한 짓밖에 하지 않고, 상대와 특별히 대화를 나누지도 않아서…… 그저 하는 말을 듣는 것뿐이라 좀 무미건조하다고 생각했는데, 이렇게 대화가 성립되니 정말이지 엄청나게 즐거웠다.

상대가 최면 상태임에도 대화가 성립될 뿐만 아니라 어색하지도 않았기 때문에 평범하게 대화하는 기분이 드는 것도 실로 훌륭했다.

"즐거워?"

"엄청 즐겁지. 아이사카에게 최면을 걸어서 다행이야."

당당하게 이런 말을 할 수 있는 나도 상당히 악에 물든 것 같았다.

"⋯⋯아이사카."

"왜?"

내 물음에 그녀는 무표정한 얼굴로 대답한다.

감정의 기복이 결여된 목소리로 인해 그녀의 말에서 나를 향한 걱정의 빛은 보이지 않았다⋯⋯. 하지만, 이 무표정과 빛이 없는 눈동자 너머로 본래의 그녀가 보였다.

"너는⋯⋯ 솔직히 말해 어떻게 생각해? 이 시간을."

본래의 아이사카는 이 시간을 무엇 하나 기억하지 못하고 있다⋯⋯. 그러니 이 질문은 무의미한 것에 가까웠다.

나는 대체⋯⋯ 아이사카에게 무엇을 기대하고 있는 것일까.

최면 상태인 그녀는 거짓말을 할 수 없다. 그렇기에 나는 지금의 아이사카가 무슨 생각을 하고 있는지 듣고 싶었다.

"난 이 시간이 좋아. 전혀 싫지 않아."

"⋯⋯헤?"

좋다니⋯⋯ 싫지 않다고?

아마 지금의 난 엄청나게 얼빠진 얼굴을 하고 있지 않을까⋯⋯. 아이사카는 그런 내 모습에도 아랑곳하지 않고 억양이 없는 톤으로 말을 이었다.

"절망의 밑바닥에 있던 나를 마사키가 구해 줬잖아? 그 녀석이 이상해진 것도 전부, 마사키가 그런 거지? 전에도 말했지만 굉장히 속 시원했고…… 게다가 매 순간 나를 걱정해 주고, 아무에게도 말하지 않았던 이것도 신경 써줬잖아."

아이사카는 팔을 걷어붙이고 옅어진 상처 자국을 보여주었다.

더는 새로운 상처가 나지 않은 것은 물론이지만, 원래 있던 상처도 예전에 봤을 때에 비하면 훨씬 나아졌다.

"아, 아니…… 하지만 내가 하고 있는 짓은 말이지――."

"마사키의 목소리…… 굉장히 마음이 차분해지고, 마사키에게서 느껴지는 상냥함이나 배려가 진짜라는 게 느껴져. 마음을 울리는 올곧은 마음이 전해지니까."

"……그래…… 그렇구나."

허어…… 그럼 괜찮은 건가?

난 정말로 아무런 잘못도 없다고 생각하고, 그저 이 시간을 즐겨도 된다는 뜻일까?

더 이상은 할 말이 없는지 아이사카는 침묵했다.

"잠깐, 난 어떻게 반응하라는 거야!"

이런 식의 말을 들을 거라고는 생각도 못 했다고!

자아가 없는 최면 상태인데, 그럼에도 단순한 나는 기분이 좋아서 날아갈 것 같았다.

사실 진짜 아이사카는 내가 도와줬다는 것, 그리고 파트너의 존재조차 모르는데……. 하지만 이런 식의 말을 들으면 흥분해서 이것저것 말하고 싶어진다고!

"그, 그럼 앞으로도 마음껏 나 하고 싶은 대로 한다? 괜찮은 거지, 아이사카?! 이제 와서 역시 안 되겠다고 하면 안 된다?!"

"응."

확실히 약속했다? 진짜로 했다?!

아이사카에게 잡히지 않은 팔을 마음껏 하늘로 치켜 올리며 환호를 표출했다……. 흐헤, 이걸로 마음 놓고 앞으로도 아이사카에게 최면을 걸 수 있게 되었다.

"이야, 오늘도 최고의 시간이었어. 그럼 아이사카, 돌아가도 좋아."

"응."

아이사카가 교실을 나간 후, 나도 한발 늦게 교실로 돌아왔다.

당연하다는 듯이 친구 2명에게서 이런 질문이 날아왔다.

"점심시간에 어디서 뭐 하다 오는 거야?"

"요즘 늘 사라지지?"

"……아~."

요즘의 나를 보고 있으면 나올 법한 지극히 당연한 의문이었다.

나로서도 올 것이 왔구나 하는 느낌이었지만, 예상하고 있었기에 당연히 답도 준비해 두었다.

악당은 얼굴색 하나 바꾸지 않고 거짓말을 하는 법.

"실은 최근에 속이 좀 안 좋아서…… 미안해."

"그랬구나…… 괜찮아?"

"설사냐? 조심해~."

의외로 진심을 담은 걱정을 받아 미안한 마음이 넘쳐났지만, 아이사카와 보내는 시간을 생각하면 압도적으로 그쪽이 더 중요하니까…… 그러니까 미안하다, 나는 욕망을 계속 손에 넣기 위해 거짓말을 하겠어.

참고로 아이사카 쪽도 같은 질문을 들은 것 같았는데, 최면이라는 것이 얼마나 편리한지 아이사카에게 그럴싸한 이유를 심어준 모양이었다. 그래서 그녀 쪽은 특별히 의심을 받고 있지는 않았다.

"있지, 아이사카. 요즘 뭐 하는 거야?"

"맞아. 점심시간에 없어서 재미없다고."

"잠깐, 마츠리는 늘 제대로 알려주잖아?"

"집요하게 캐묻다가 미움받아도 난 모른다?"

아이사카를 그 정도로 신경 쓰면서 끈질기게 물어보는 상대는 남자애들이었다.

지금까지는 거의 신경 쓴 적도 없었는데, 저렇게 아이사카 주변에 모여 있는 무리들은 전부는 아니라고는 해도 그녀에게 마음이 있어 보였다. 나로서는 저런 눈에 띄는 무리들을 앞지른 기분이라 만족스럽지만.

그리고 시간이 흘러 방과 후가 되었고, 나는 아이사카와 함께 일을 마무리했다.

"흐흥흥~ ♪"

"……."

일지를 쓰는 아이사카는 콧노래를 흥얼거릴 정도로 기분이 좋은지, 내가 곁에 있는 것도 잊고 일지를 척척 채워 나간다.

잠자코 보고만 있는 내가 반대로 소외된 느낌이 들기도 했지만, 가만히 보고 있으니 아이사카의 글씨체가 무척 예쁘다는 것 등 알게 되는 것도 많았다.

"아이사카는 글씨를 예쁘게 잘 쓰네."

"그래? 뭐, 이래 보여도 옛날에는 서예 콩쿠르에서 입상하기도 했으니까."

"그렇구나."

"응. 마사키는 그런 경험 없어?"

"공교롭게도 전혀 없어……. 난 글씨가 지저분한 편이니까."

자랑은 아니지만 내 글씨는 그렇게 깔끔한 편이 아니다.

읽을 수 없을 정도의 악필까지는 아니지만, 여자아이에게 자세히 보여주기엔 좀 민망할 정도로는 지저분하다.

"그렇다면 마침 잘됐네. 내가 다 쓰고 있으니까."

"진짜 살았어……. 아니, 이러면 내가 아무 일도 안 하게되니까 별로인 것 같은데."

"그런가? 그럼 남은 건 마사키가 써줘."

일지를 내민 아이사카가 빙긋 웃더니 쓰던 샤프를 나에게 넘겼다.

"음…… 내 거 있는데."

"괜찮아. 그거 써도 돼."

"……응."

그녀가 쥐고 있던 체온이 남은 샤프를 받아들고 나는 조금 남은 칸을 채워나갔다.

아까 아이사카에게 말했듯이 내 글씨체는 결코 예쁘지 않다.

아이사카가 빤히 지켜보고 있는 상황이기도 해서 나는 천천히, 최대한 예쁘게 쓰기 위해 노력했지만…… 도중부터는 그냥 포기하고 평소대로 빠르게 손을 움직였다.

"그렇게 지저분한가……. 보통 아니야?"

"빈말이라도 그렇게 말해 주니까 좋네."

"그러려던 건 아닌데."

생글생글, 뭐가 그리 즐거운지 아이사카는 계속 웃는 얼굴이었다.

하나의 책상을 사이에 두고 마주 보는 이 상황…… 최면 상태가 아닌 아이사카와 이렇게 가까운 거리에 있다니, 둘이 함께 당번 일을 하는 상황이 아니라면 거의 있을 수 없는 거리감이겠지.

"……."

"후훗♪"

그건 그렇고…… 아이사카는 왜 이렇게 즐거워 보일까.

힐끔, 훔쳐보듯이 그녀에게 시선을 돌린 순간, 마침 아이사카도 내 얼굴을 보고 있었다. 서로의 시선이 딱 마주쳤다. 이런 것에 익숙하지 않은 나는 곧바로 시선을 피해 버렸다.

"에이, 시선을 그렇게 바로 피하면 상대가 상처받는다?"

"……미안."

미안해……. 하지만 이것만큼은 어쩔 수 없었다.

단순히 아이사카와 대화하는 것에 익숙하지 않다는 점도 있었지만, 자아가 없는 아이사카한테 이런 짓 저런 짓을 하고 있는 입장이었기에 더더욱 불편했다.

"그래서…… 왜 그러는데?"

"그냥, 보고 싶어서 보는 것뿐이야."

"……."

그렇군, 이런 식으로 남자애들이 여자애에게 착각을 가지게 되는 거구나.

과연 아이사카 주위에 있는 그 무리 중 몇 명이나 이 아이에게 넘어갔을까……. 뭐, 내 입장에서는 상관없나.

"좋아, 끝났어."

"그러게. 그럼 선생님한테 갈까?"

아이사카와 함께 교실을 나와 교무실로 향했다.

종례가 끝나고 어느 정도 시간이 지난 탓에 자발적으로 교실에 남아 있는 학생 말고는 아무도 없었다. 교실도 그렇지만 복도도 조용해서 무척 걷기 수월했다.

"아이사카는 먼저 돌아가도 되는데? 이걸 건네주는 건

나 혼자로도 충분하니까."

"건네주는 것까지가 당번 일이잖아? 끝까지 같이 하자."

······애, 진짜로 좋은 애다.

속으로 해일 같은 감동을 느끼며, 돌아가기 전에 다시 한번 최면을 걸어 조종해 볼까 하는 최악의 생각을 하며 교무실에 도착했다.

"둘 다 오늘 당번 수고했다. 조심히 돌아가라."

"넵. 안녕히 계세요, 선생님."

"안녕히 계세요~!"

나도 아이사카도 그 후 곧장 교실로 되돌아와 짐을 정리하고, 거의 동시에 다시 교실을 나섰다.

아키라는 부활동이고 쇼고는 이미 돌아갔다. 아이사카쪽도 친구들이 다들 일찍 돌아간 모양이라 서로 혼자 남았다······. 그건 상관없는데, 아이사카에게 잘 가라는 말을 건 뒤 교실을 나서자 그녀는 기다리라며 쫓아왔다.

"왜 그래?"

"아무리 그래도 너무 쌀쌀맞은 거 아냐? 우리 둘밖에 안 남았으니까 신발장 정도까지는 같이 가자."

그렇게 말하며 아이사카는 당연하다는 듯이 내 옆에 나란히 섰다.

"아이사카 너······ 친화력이 괴물이네."

"괴물이라니 말이 심하다? 욕은 아닌 것 같으니까 좋은 뜻이라고 생각할게."

절대로 욕은 아니고, 오히려 칭찬이다.

그나저나 이렇게 아이사카와 단둘이 있게 되니, 자꾸만 파트너의 힘을 사용해 어딘가로 데려가고 싶은 기분이 들었다.

점심시간으로 만족했다고 생각했는데. 막상 한번 떠올리고 나니 욕망은 쉽게 사그라들지 않았다.

'애초에 아이사카가 잘못한 거야. 아침에 내 목소리가 차분하다느니 뭐니, 아까 전까지도 엄청나게 즐거운 시간을 보내게 해 줬으니까.'

단순히 당번일 뿐인데 아이사카와 보내는 시간은 정말 즐거웠다.

대화 내용은 잡담이나 다름없었지만, 평소 상태의 아이사카와 대화하는 것 자체가 이렇게나 신선하고 기쁠 줄은 몰랐으니까.

"······해 볼까."

미안해, 아이사카. 역시 이대로 돌아가는 건 난 불가능해.

나는 그 자리에서 스마트폰을 꺼내 파트너를 실행······하려고 했지만, 남은 배터리를 보고 경악했다.

'배터리가 다 떨어졌다고······?!'

그랬다······. 배터리가, 내 목숨이 이미 끝나가고 있었다.

이미 이 파트너가 깃든 스마트폰은 내 반신이라고 해도 과언이 아니었다. 남은 20퍼센트의 배터리가 내 생명의 불빛····· 아아, 이럴 수가!

"자, 잠깐, 마사키?! 얼굴이 엄청 창백한데?!"

"아이사카…… 난 이제 틀린 것 같아."

"마사키?!"

도대체 무슨 일이냐며 내 어깨를 흔들어오는 아이사카를 향해, 나는 그냥 솔직히 말했다.

"배터리가…… 거의 없어."

그렇게 말한 순간 보인 아이사카의 눈빛을, 나는 아마 잊지 못할 것이다.

잠시 눈을 동그랗게 뜨는가 싶더니, 괜히 걱정했다며 안심하듯 바뀐 상냥한 그 눈빛을.

그랬다……. 아이사카는 어이없어하거나 하지 않고, 안심한 얼굴로 나를 바라봐준 것이다.

"화면을 보고 얼굴이 창백해지길래 충격적인 연락이라도 온 건가 싶어서 걱정했잖아."

"미안…… 너무 하찮은 일이라."

아이사카, 너무 좋은 녀석이다, 정말로……. 이런 아이와 장래에 결혼하고 싶다고, 진심으로 생각했다.

어울리지 않는다 해도 생각하는 건 공짜니까, 이 정도는 내 마음대로 하게 해 줘.

"아아, 이제부터 뭐 할까. 친구들은 다들 놀고 있을 텐데, 지금부터 합류하는 것도 좀 그렇고."

"네 친구들은 기다리고 있을 것 같은데."

"내가 아까 오늘은 끝나면 그냥 간다고 말했잖아. 그렇게라도 말해 두지 않으면 그 애들은 둘째치고 그 녀석들까지 계속 남아 있을 테니까."

"……흐음."

그 애들이란 사이좋게 지내고 있는 여자들, 그리고 그 녀석들이란 아이사카에게 접근하려고 하는 있는 남자들인 걸까……. 왠지 모르게 그런 느낌이 들었다.

"아이사카도 고생이 많구나."

"친구를 사귄다는 건 즐거움 반 귀찮음 반인 것 같아. 마사키는 그렇지 않아?"

"나는 평소 노는 애들이랑만 노니까 딱히 피곤하지는 않은 것 같네."

"평소 멤버들이라면 무카이랑 엔도?"

"응, 응."

물론 그 밖에도 친구는 있지만, 평소 멤버라고 하면 그들이다.

"좋은 친구들이야, 정말로."

애초에 우리 세 사람은 처음부터 함께했던 것은 아니었다. 쇼고와는 자리가 옆자리가 되었을 때 만화와 애니메이션 이야기를 하다가 친해졌고, 아키라와는 체육 때 축구에서 같은 팀이 된 것이 계기였다. 누군가와 친구가 되는 순간은 갑작스러운 느낌이라, 결국 지나고 나면 나도 모르는 새에 친구가 되어 있는 느낌이다.

"……마사키, 굉장히 다정한 얼굴이네?"

"어?"

"그만큼 친구가 소중하다는 거겠지."

"……."

새삼스럽게 들으면 좀 쑥스러운데…….

그 후 아이사카의 말대로 우리들이 함께한 곳은 신발장까지였다. 구두로 갈아 신은 그녀는 웃는 얼굴로 손을 흔들고는 사라졌다.

"……이상한 시간이었어."

정말로, 그랬다.

애초에 아이사카와 이렇게까지 편하게 대화할 수 있었다는 점이 가장 의아했다. 좀 더 구체적으로 말하면, 시종 허물없는 분위기였다……. 이렇게 가까이서 이렇게 긴 시간 동안 대화한 것은 처음인데도 말이다.

"최면 상태인 아이사카와 대화하고 있어서 그런가……? 아마 그 가능성이 가장 높겠지만, 아이사카가 그렇게나 나에게 우호적일 줄이야."

아니, 애초에 아이사카는 누구와도 친해질 수 있는 사람이니 굳이 나라서 저렇게 다정하다고 말하기는 어렵겠지……. 그래, 이런 게 바로 남자를 착각하게 만든다는 거지.

"……나도 돌아갈까."

평소 같으면 귀찮기만 하고 재미없을 당번 일도 오늘은 아이사카 덕분에 정말 즐거웠다.

이 보답은 또 내일, 최면 상태인 그녀에게 마음대로 해

쥐야겠다.

"오, 카이 아냐?"

"윽?!"

완전히 야한 망상을 하고 있느라 방심하고 있던 탓에, 먼 거리이긴 했지만 이름을 부르는 소리에 흠칫 어깨가 떨렸다.

시선을 돌리자 한창 부활동 중인 아키라가 있었다..

유니폼을 운동장 흙으로 더럽힌 채 땀을 흘리고 있는 그 모습은, 다소 반듯한 그의 얼굴과 얄미울 정도로 잘 어울렸다.

"당번 일 지금 끝난 거야~?"

"어~! 이제 집에 가는 중~!"

"그래~? 아이사카에게 뭔가 실례되는 짓은 안 했겠지~?"

넌 대체 무슨 말을 그렇게 우렁차게 외치는 거야……. 하긴 했지만.

멍청한 놈, 이라는 뜻을 담아 중지를 세워주자 아키라는 낄낄거리며 시원스럽게 웃고는 훈련으로 돌아갔다.

"……아이사카에게 했던 말, 취소할까?"

잠시 그렇게 생각했지만, 있는 힘을 다해 뛰어다니는 그를 보고 있으니 그런 기분도 가셨다. 나는 자연스럽게 이런 말을 하고 있었다.

"힘내라……. 3학년, 올해가 마지막이니까."

……나답지 않다. 나는 머리를 긁적이고는 학교를 떠났다.

．학교에서 조금 멀어지자 스마트폰이 울렸다. 배터리가 얼마 남지도 않았는데 누가 연락한 건가 싶어 얼굴을 찌푸렸지만, 쇼고였다.

『새로 생긴 메이드 카페가 완전 끝내준다는데? 다음에 아키라도 데리고 다 같이 가자!』

내용은 그런 것이었다……. 쯧, 내일 보냈어도 상관없잖아 이런 건.

얼굴을 찌푸렸던 것은 틀린 판단이 아니었다. 하지만 문장 속에서 당장이라도 가고 싶어하는 흥분과 기대가 엿보여서, 오늘도 여전하구나 하는 마음에 쓴웃음이 나왔다.

어느새 내 얼굴은 웃고 있었다.

"뭐랄까…… 나쁘지 않네, 이런 것도."

친구들에게 둘러싸여 지내는 날들……. 응, 정말 나쁘지 않다.

이 귀중한 마음을 밑거름 삼아 내일도 또 아이사카를…… 그리고 새롭게 타깃으로 정한 혼마를 마음껏 휘둘러주마!

"하하, 진짜 최악이네."

나는 그렇게 말하며 웃었고, 또 내일부터 찾아올 설레는 파라다이스에 두근거림을 느끼며 집으로 돌아갔다.

▶▷

당번으로 아이사카와 함께 시간을 보낸 다음 날.

나는 어제 단언했던 것처럼 점심시간이 되자마자 빈 교실로 향한 뒤 아이사카가 오기를 기다렸다.

그리고 찾아온 최면 상태의 그녀에게 안겨 요즘 일과이기도 한 최고의 시간을 구가했다.

"역시 이 부드러움은……."

"기분 좋아?"

"너무 좋아."

"언제든지 해 줄게."

아이사카…… 정말로 최고야!

나를 보고 있는 그녀는 역시나 무표정이고, 어제의 모습은 없다……. 만약 지금 이 순간에 최면을 풀면 분명 그녀는 성대한 비명을 지르며 나를 거부하겠지.

어제의 상냥한 모습은 온데간데없이 사라지고, 완전히 나를 적으로 간주한 채 증오의 눈빛을 향해 올 것이다……. 절대로 최면이 풀리지 않게 조심해야지.

"그럼 저기오호를……."

아, 가슴에 얼굴을 묻은 채로는 말이 전혀 안 나오네.

제대로 말을 할 수 있도록 입 주변의 공간을 확보한 뒤 아이사카에게 늘 묻는 것을 물어보기로 했다.

"그럼 정기보고를 하자──. 팔에 상처는 안 냈지?"

"응."

"가족들이랑은 잘 지내?"

"응."

"전남친은 전화 오거나 하지 않아?"

"응…… 고마워, 마사키."

"아냐. 이렇게 나도 대가를 받고 있으니까!"

부비적부비적…… 부비적부비적.

……역시 좀 징그러운가.

"……징그러워?"

"그렇지 않아."

이야, 세상에. 그렇다면 더욱 부비적거려야겠는걸.

아이사카가 그렇지 않다고 말해 준 덕분에 나도 조금 더 나사가 풀려, 조금 더 강하게 아이사카의 가슴에 얼굴을 문질렀다.

"있지, 아이사카."

"왜?"

"진짜 넌 아무것도 기억하지 못할 거고, 이렇게 최면 상태일 때만 들을 수 있겠지만…… 무슨 일이 있으면 말해 줘. 할 수 있는 일이 있으면 내가 도와줄게."

"……응. 고마워, 마사키."

내가 도와준다기보단, 파트너의 힘을 마구잡이로 사용하는 것뿐이다.

그럼에도 아이사카는 내 말이 기뻤는지, 조금 끌어안는 힘이 강해져 더욱 가슴이 짓눌렸다.

이 감촉…… 아무리 맛봐도 질리지 않는 마성의 매력이 있다.

"일이 이렇게 되다 보니 아무래도 혼마에게 손이 나가질 않네."

아이사카 다음은 혼마로 하기로 다짐했는데, 이렇게 아이사카와 보내는 시간에 만족하고 마는 것이다.

애초에 혼마와는 학년도 다르기 때문에 행동 패턴을 읽기 어렵고, 기본적으로 그녀를 볼 때면 늘 주위에 3명 이상의 사람이 있다…… 과연 내가 그 얼음 여왕에게 손을 댈 날은 언제일까.

"혼마가 누구야?"

"왜 그 얼음 여왕이라고 불리는 후배…… 으븝?!"

아이사카에게 혼마에 대해 알려준 순간, 꽤 강한 힘이 나를 덮쳤다.

지금까지와 똑같이 가슴에 얼굴이 파묻힌 것은 똑같지만, 내가 떨어지려고 해도 떨어질 수 없을 정도의 강한 힘으로 머리가 푹 잠겨버렸다.

'자, 잠깐, 아이사카?!'

행복하긴 하지만?! 행복한 감촉이지만 너무 힘이 강해!

항복이라는 뜻을 담아 아이사카의 등을 가볍게 때리자, 그녀는 그제서야 나를 해방시켜 주었다.

"……혹시 내가 좀 더 강하게 안아달라고 했나?"

"……."

아이사카는 입을 다문 채 나를 빤히 바라보았다.

기분 탓인지는 몰라도 그녀의 표정에서 무서운 기운이

느껴지는 건 내 착각일까……. 마치 노려보는 느낌인데, 내가 잘못 본 거겠지?

"아이사카…… 씨?"

"왜?"

"……아무것도 아님다."

만약을 위해 스마트폰을 확인했지만 파트너는 실행되어 있다……. 나도 방금 그게 결코 싫었던 건 아니고, 오히려 행복한 감촉을 충분히 맛볼 수 있었으니 플러스 마이너스 제로인 걸로 하자.

평소보다 빨랐지만 아이사카를 교실로 돌려보낸 뒤 나도 교실로 돌아왔다.

"오늘도 복통이야?"

"괜찮냐?"

"아~ 응, 괜찮아, 괜찮아."

거짓말해서 미안하다.

마음속으로 그렇게 사과한 순간 마침 요의가 느껴져 한 번 더 화장실에 가겠다며 교실을 나서는데, 아키라도 화장실에 가겠다며 따라 나왔다.

그리고 돌아오는 길, 문득 한 여학생에게 눈길이 갔다.

"쟤는……."

"응? 아아, 수수녀?"

아키라가 말한 수수녀란, 옆반에 있는 여자애다. 지금 내 눈앞을 걷고 있는 여자아이—— 아가츠마 사이카를 말

113

하는 것이었다.

허리까지 오는 긴 검은 머리가 특징인데, 눈가도 깔끔하게 감춰져 있었다.

옛날에 유행했던 공포 영화에 나온 여성을 연상시키는 조금 오싹한 외모인 데다, 새우등처럼 약간 구부정한 자세가 그런 느낌을 더욱 부추기고 있었다.

아가츠마는 반에서 항상 혼자인 듯하다. 자기주장도 없고 주변과 관계도 맺지 않아 수수녀라는 놀림을 받고 있다고 했다.

"괴롭힘당하는 건 아니겠지?"

"그렇게까지는 안 하는 것 같은데……. 그래도 다른 여자애들의 놀림이 심해지면 어떻게 될진 모르겠네."

"그런가."

나도 그렇지만, 아키라도 아가츠마와는 한마디도 말을 섞어본 적이 없었기 때문에 남의 이야기를 통해 가끔 귀에 들려오는 정도였다.

'뭐랄까…… 저런 수수한 아이는 야한 법이지.'

참고로 이건 만화에 나온 내용이라 실제로는 어떤지 모른다.

하지만 저렇게 주변과 벽을 쌓는 아이인 만큼, 반대로 파트너의 힘을 사용했을 때 어떤 모습을 보여줄지는 굉장히 궁금했다.

"저런 애가 신경 쓰여?"

"아니, 딱히. 하지만 얼굴은 꽤 예쁜 것 같은데."

머리카락 사이로 보인 얼굴 형태는 무척 예뻐 보이는데, 아가츠마가 가진 어두운 분위기가 그것을 마이너스로 만들고 있었다.

"어둠이 있을 것 같은 느낌이야."

"아, 나도 그 생각은 했어."

혼마 때와 달리 아가츠마는 이렇게 빤히 보고 있어도 돌아보지 않았다.

그녀는 계속 구부정한 자세를 유지한 채 음울한 공기를 내뿜으며 교실로 사라졌고, 우리는 그 후 딱히 아가츠마에 관해 더 언급하지 않고 교실로 돌아갔다.

'아까도 생각한 건데 저런 애가 사실 야하다는 공식이 있단 말이지. 고사기에도 그렇게 기록되어 있다고 하니까!'

그리고 분명…… 정확하게 기억하고 있는 건 아니지만, 아가츠마는 엄청 몸매가 좋지 않았나?

평소에는 등이 굽어서 알기 어렵지만, 체육 시간에 체육복 차림을 하면 가슴이 엄청 크다고 누군가가 말했던 것 같다. 내 착각일지도 모르지만 그렇다면 무조건 확인해 줘야겠지!

그런 식으로 머릿속에서 야한 망상을 부풀리면서 수업 중에 달려드는 졸음을 쫓아내고 있자 곧바로 방과 후가 찾아왔다.

"그럼 나는 부활동 간다."

"힘내라~."

"다치지 말고. 카이 넌 이제 집에 가게?"

"아니, 나에게는 사명이 있으니까 먼저 돌아가."

"뭐야, 사명이…… 요새 거의 같이 못 놀았잖아?"

"미안, 미안. 나중에 꼭 갚을게."

"뭐, 괜찮아. 나중에 보자!"

미안하다, 쇼고.

아가츠마를 최면 상태로 만들 틈을 엿보기 위해 미리 그녀의 행동 패턴을 예습해 둬야 하거든.

물론 아가츠마를 스토킹하겠다는 뜻은 아니었다. 슬쩍 그녀의 반 학생에게 이야기를 물어보는 정도지만…… 뭐, 파트너의 힘을 사용하면 식은 죽 먹기다.

"자아, 그럼 가볼까……?"

기세 좋게 몸을 일으킨 그 순간, 마침 교실을 나서려고 하는 아이사카와 딱 시선이 마주쳤다.

그대로 친구들이랑 나가도 될 텐데, 그녀가 내 쪽으로 걸어왔다.

"안녕~ 마사키."

"어, 어어……."

저기…… 말을 걸어주는 건 기쁜데, 우리들 평소 전혀 대화하지 않는 사이라 뒤의 무리들…… 특히 너한테 마음이 있어 보이는 남자들의 눈빛이 무서운데요.

"뭐야, 너네 언제 친해졌어?"

"엄청 의외네……. 아, 참. 당번 같이 했었지?"

"응응♪ 그것도 있지만 마사키랑 얘기하는 거 엄청 재미있어."

"흐음."

"그렇구나."

여자애들 쪽의 반응은 그렇게 나쁘지 않았지만, 남자애들이 문제다! 남자애들 쪽이 엄청나게 노려보고 있다고!

"있지, 마사키."

"어어?!"

"왜 그렇게 놀라? 맞지? 우리 대화 엄청 잘 통하잖아."

"……그런가?"

"그렇다고 말해야지, 여기선."

아이사카가 톡, 하고 가볍게 어깨를 때린다.

뭐, 사실 굉장히 농밀한 교류를 맺고 있긴 하지만 말이지.

"지금부터 다 같이 볼링이라도 치러 갈까 얘기 중이었는데, 마사키도 오지 않을래?"

"으음…… 나도?"

아니, 나에게는 중요한 사명이…… 그래도 설마 이런 권유를 받을 줄은 몰랐다.

나와는 전혀 다른 인싸 집단에 섞이는 것은 두려웠지만, 아이사카가 이렇게 초대해 준 것은 솔직히 기뻤다.

그러나 지금의 나는 아가츠마를 찾고 있는 변태 신사였

기에 고개를 끄덕일 수 없었다.

"야야, 농담하지 마. 왜 이런 녀석을 부르는데?"

"마사키 같은 건 부를 필요 없잖아."

"……."

말투야 어떻든, 남자아이들 쪽은 받아들일 수 없는 모양
이었다.

딱히 대화를 나눈 적도 없는데 이런 녀석이라는 말을 듣
는 것은 좀 열받네. 하지만 얘네의 기분을 생각하면 이상
한 일은 아니었기에 쓰게 웃었다.

이번엔 얘네의 말에 맞춰 거절하는 걸로 하자──. 그
렇게 생각했는데, 뜻밖에도 아이사카가 거기서 반박을 해
왔다.

"왜 그런 식으로 말하는 거야? 물론 내 개인적인 이유로
권유한 건 맞지만, 그렇게까지 말할 필요는 없잖아?"

내 위치에서 아이사카의 얼굴은 보이지 않았다. 하지만
아이사카의 목소리에선 강한 분노가 여실히 느껴졌고, 남
자애들도 곧바로 시선을 돌린 것을 보면 꽤나 무서운 얼굴
을 하고 있는 게 아닐까.

"……미안."

"칫……."

한 명이 크게 혀를 찬 것은 별로 신경 쓰이지 않았다.

그들이 어떻게 생각하든 평소에 친하지도 않은 상대의
태도는 아무런 타격이 안 되니까.

"불러줘서 고마워, 아이사카. 근데 오늘은 볼일이 좀 있어서…… 그러니까 다음에 또 괜찮다면 불러줘."

"……응. 알았어."

아쉽다는 반응을 보여준 것도 굉장히 기쁘긴 한데…… 으음, 같이 당번 일을 했다고 해서 이렇게 갑자기 대화할 수 있는 건가, 하는 생각이 계속해서 맴돌았다.

손을 흔들며 멀어지는 아이사카를 배웅하며 큰 한숨을 내쉬었다.

"꼴을 보니 내가 저 멤버 안에 들어갈 일은 없을 것 같네……. 그래도 최면 상태가 아닌 아이사카와 함께 외출하는 건 좀 구미가 당기는걸."

한동안 멍한 얼굴로 그런 생각을 하다가, 뒤늦게 정신을 차린 나는 아가츠마를 떠올리며 서둘러 교실을 나섰다.

결론적으로 이미 아가츠마는 집으로 돌아가 만나지 못했다.

줄어가는 배터리에 마지막 박차를 가하듯 아가츠마의 반 친구에게 최면을 걸어 아가츠마에 관해 이것저것 물어보았지만…… 역시 아가츠마는 외부와 벽을 쌓고 있는지 친한 친구는 없는 것 같았다.

"……다음 기회에 할까."

그대로 집에 가는 것도 좀 아깝다는 생각이 들어 어딘가로 외출했을 가능성이 높은 쇼고에게 연락을 하자, 마침 밖에 나와 있다고 해서 함께 놀기로 했다.

남자 둘이서 노는 것은 딱히 별다른 화려함은 없었지만, 절친과 노는 순간은 어떤 때라도 즐거운 법. 헤어질 때는 양쪽 모두 환하게 웃고 있었다.

　"그럼 잘 가라, 쇼고. 진짜 재밌었어."

　"나도. 또 그 게임으로 뜨자."

　"오냐!"

　쇼고와 이별하고 혼자 걸으며 앱을 바라보고 있는데, 문득 의문 하나가 들었다.

　"……그보다 파트너, 왜 나한테 온 거야?"

　파트너가 나에게 온 뒤 어느 정도 시간이 흘렀지만, 아직까지도 파트너가 왜 내 스마트폰에 깔리게 되었는지는 밝혀지지 않았다.

　애초에 이런 힘이 존재하고 있다는 것 자체가 의문이긴 하다. 언젠가 그게 밝혀지는 날이 올까?

　"설령 밝혀지지 않더라도 이런 끝내주는 힘을 포기하고 싶진 않네."

　한번 생각하기 시작하면 멈추지 못하는 것은 안 좋은 버릇이지만, 이건 일생의 수수께끼가 될 것 같았기에 아무리 생각해도 소용없을지도 모른다……. 결국 고민하게 되는 이유는 이 파트너—— 최면 앱이 본래 이 세계에 있어서는 안 되는 초자연적인 힘이기 때문이다.

　"애초에 파트너 넌 어떻게 태어났고, 지금까지 어떻게 존재해 오고 있었던 거야?"

……수수께끼도 많고, 알고 싶은 것도 산처럼 많다.

그 말에 당연하다는 듯이 파트너…… 최면 앱은 그저 침묵을 유지할 뿐이었다.

갑자기 문장이 떠오르며 대답을 해 준다고 해도 그건 그거대로 공포스럽겠지만, 그래도 대답해 줬으면 좋겠다. 그렇게 속 편하게 해결될 리는 없으려나.

"……이렇게 이상한 힘이라면 대답도 할 만할 텐데."

마지막까지 저항하는 마음으로 몇 번이고 앱을 실행했다 껐다를 반복해 보았지만, 반응은 없음…… 하아, 돌아가자.

이 이상은 소용없겠다고 생각한 나는 그대로 걷기 시작했다.

여기서부터 돌아가면 도중에 아이사카의 집 앞을 지나치게 되는데…… 아무래도 오늘은 좀 더 노력해야 할 날인 것 같았다.

"……응?"

아이사카의 집 앞에 두 남녀가 마주 보고 있었다.

그것이 누구인지는 금세 알았다──. 아이사카, 그리고 또 한 명은 그녀를 궁지로 몰았던 전 남자친구다.

"징글징글한 녀석이네."

아이사카에게서 이미 이야기를 들었으니 적어도 지금까지는 남자도 조용히 있었을 것이다.

즉 오늘에서야 찾아왔다는 뜻일까……. 설마 많고 많은

날 중 오늘 이런 상황을 마주하게 될 줄이야.

"한 번 더 써버릴까……?"

나에게는 파트너가 있다……. 그렇기 때문에 두려워할 일은 아무것도 없다고 생각하며 스마트폰을 손에 쥐었다가, 최악의 사실을 깨달았다.

"망했다…… 배터리 거의 다 됐어."

남은 배터리는 겨우 2퍼센트……. 이대로는 앱을 실행한다 해도 곧바로 도중에 최면이 끊어질 우려가 있다……. 못 쓰겠네.

"어쩔 수 없지."

마음을 굳게 먹은 나는 두 사람 곁으로 다가가기 시작했다.

파트너를 사용할 수 없다고 해서 그대로 무시하는 건 내키지 않는다. 애초에 나는 일방적으로 아이사카를 휘두르고 있으니까.

그리고 무엇보다 그녀에게 말해 버렸으니까. 무슨 일이 있으면 도와주겠다고.

비록 최면 상태인 아이사카와 한 약속이지만, 그래도 이런 상황을 못 본 척하고 싶지는 않았다.

이건 상대가 아이사카라서일까……?

뭐, 됐다. 지금은 그런 건 신경 쓰지 말고 그녀를 도와주자.

"뭐 하는 거야? 알몸 달리기 선수께서."

쓸데없이 도발하는 거 아니냐고? 시끄럽다, 미남에게는

엄격하다고, 나는.

나는 아이사카를 등 뒤에 두고 전 남자친구와 마주했다.

마치 공주님을 지키는 기사 같은 심정이 들었지만, 공교롭게도 나는 대단한 미남도 아니고, 하고 있는 짓도 악질 중의 악질이다. 정의의 히어로와는 거리가 멀구나, 진짜로.

"마사키…… 왜 여깄어?"

"……너 이 새끼!"

내가 나타나자 눈을 동그랗게 뜨는 아이사카, 그리고 전 남자친구…… 이름이 분명 무라카미라고 했던가.

무라카미는 나를 부모의 원수라도 되는 양 노려보았다.

"마침 집에 가는 길이었을 뿐이야. 미덥진 않겠지만 뒤에 있어 줘."

"……응."

오늘 아이사카는 남자들을 완전히 위축시키는 눈빛을 보여주기도 했으니, 내가 이렇게 둘 사이에 끼어들지 않아도 괜찮았을지도 모른다.

폼을 좀 잡고 싶다고 할까, 나는 그런 다소 유치한 마음으로 이곳에 서 있는 것이나 다름없었다.

"……그나저나."

나는 다시 한번 나를 노려보고 있는 무라카미를 바라보았다.

여전히 얄미울 정도의 미남이었지만, 이 녀석은 이 근처를 속옷만 입고 뛰어다닌 탓에 체면을 말도 안 되게 구겼을 것이다……. 그 상태에서 이렇게 아이사카 앞에 나올 수 있다니 대단한 배짱이다.

"소문은 이래저래 들었어. 꽤 굉장한 일을 벌였다던데."

자극시키듯이 그렇게 말하자 무라카미가 곧장 눈을 부라렸다.

최근 내 기준으로 너무 좋은 일만 일어나고 있었기 때문일까. 파트너라는 이 힘을 손에 넣은 덕분에 내가 다소 우쭐해졌다는 사실만은 부정할 수 없었다.

그래서 말도 그렇고 표정마저 엄청난 도발로 느껴진 것인지, 녀석이 침을 튀길 정도의 기세로 입을 열었다.

"너…… 너를 만난 뒤부터 모든 게 다 이상해졌어! 네가 뻔뻔하게 내 앞에 등장한 이후부터 전부 이상해졌다고!"

확실히 무라카미가 그런 짓을 벌인 것은 내가 원인이기 때문에, 녀석이 한 말은 무엇 하나 틀리지 않았다.

무슨 일을 벌였는지는 당연히 눈치챌 수 없겠지만, 나때문에 이상해졌다는 사실만큼은 정확한 판단이었다──. 불쌍하다고 느껴지지는 않지만.

"무슨 소리야. 네가 멋대로 그런 짓을 저지른 것뿐이잖아? 그런 창피한 일을 겪은 주제에 대체 무슨 낯짝으로 아이사카 앞에 나설 수 있는지 모르겠네."

"……닥쳐. 이건 너랑은 아무 관계도 없는 얘기야…….

나랑 마츠리의 문제라고!"

흐음…… 어렴풋이 상황이 보이기 시작했다.

나중에 아이사카에게 물어보고 싶긴 하지만, 어쩌면 이 녀석은 아이사카와 관계를 다시 회복하고 싶은 게 아닐까?

내가 원인이었다고는 해도 그런 짓을 벌였으니 아마 지금의 이 녀석에게는 아무것도 남아 있지 않을 것이다……. 질 나쁜 친구들은 남아 있을지도 모르지만. 그러니 예전의 연인이기도 했던 아이사카라면 의지할 수 있지 않을까, 그런 어리석은 생각을 했을지도 모른다.

"애초에 왜 네가 우리 사이에 대등하게 서 있는 거냐고. 분수를 알아야지, 찌질한 놈이── 마츠리한테 멋진 모습이라도 보여주고 싶은 거냐?!"

분노로 이성을 잃어서 주위가 보이지 않는 상태만큼 보기 흉한 모습도 없지 않을까. 그를 보고 그렇게 생각했다.

그의 분노의 화살은 틀림없이 나를 향하고 있었지만, 그 분노를 정면으로 받아도 전혀 두렵지 않았다. 오히려 마음에 여유마저 있었다.

"아이사카는 같은 반 친구야. 도와줄 이유로는 충분하잖아."

그럴듯한 말을 하자 무라카미가 이쪽으로 한 걸음 다가왔다.

"허세 부리지 마 새끼야! 또 그때처럼 한 대 후려 갈겨줄까? 꼴사납게 바닥을 뒹굴어 봐야 정신 차리겠냐?"

크게 휘둘러진 팔에 나는 눈을 감았다.

아플 것 같긴 하지만, 한 대 정도는 참아볼까……. 그렇게 생각하면서도 또 누나나 부모님께 걱정을 끼치겠구나 하는, 스스로도 놀랄 정도로 냉정한 사고가 이어졌다.

그러나 무라카미의 주먹이 나에게 닿는 일은 없었다. 곧 짜악 하고 무엇인가를 후려친 듯한 소리가 울려 퍼졌다.

"……아."

"윽……."

내 앞으로 아이사카가 나서더니 무라카미의 뺨을 있는 힘껏 후려친 것이다.

경악한 것은 나도 무라카미도 마찬가지였다. 그는 맞아서 붉어진 뺨에 손을 얹고는 믿을 수 없다는 듯한 눈빛으로 아이사카를 바라보았다.

"적당히 좀 해. 나랑 넌 이미 끝났어……. 나에게 넌 더 이상 소꿉친구도 뭣도 아니야! 그리고 무엇보다, 마사키에게 무슨 짓을 한다면 절대로 용서하지 않겠어."

"……젠장."

아이사카에게 이런 말까지 들어버린 이상 더는 할 말이 없는 것일까. 무라카미는 나와 아이사카를 바라보며 불쾌한 듯 혀를 차고는 그대로 사라졌다.

그 뒷모습이 보이지 않을 때까지 바라본 후, 나는 온몸의 힘이 빠진 사람처럼 그 자리에 털썩 주저앉았다.

"……하아~."

한 대 맞는 것 정도는 각오하고 있었는데, 무엇보다 자신감에 넘쳐 과한 허세를 부려버렸다……. 익숙하지 않은 일을 벌인 탓에 알게 모르게 몸은 잔뜩 긴장하고 있었을 것이다.

"마사키?!"

"미안, 아이사카……. 몸에 좀 힘이 빠져서."

익숙하지 않은 일은 하는 게 아니다……. 뭐, 그래도 아이사카에게 아무 일도 없어서 다행이다……. 그렇게 생각하면 이렇게 이 자리에 나선 것도 나쁜 일만은 아니었겠지.

"괜찮아?"

"응…… 영차."

몸에 힘을 줘서 일어나 바지에 묻은 먼지를 털어냈다.

아이사카에게 아무 일도 없어서 다행이다, 그럼 이만. 그렇게 말하고 떠나려고 했지만 그러지 못했다. 아이사카가 교복의 소매를 잡았기 때문이다.

"아이사카?"

"……저기, 마사키. 아까…… 그럼 이만 하고 끝낼 수 없는 이런저런 신경 쓰이는 이야기를 들어버렸는데. 조금만…… 대화할 수 없을까?"

"……아~."

확실히 무라카미가 그런 말을 하긴 했었지.

어떻게 할까 순간적으로 망설였지만, 어떻게든 이야기

를 듣고 싶다는 듯한 아이사카의 눈빛을 보니 대충 둘러대고 도망치는 것은 불가능해 보였다.

아이사카의 손에 이끌려 아주 조금 걸어가면 나오는 공원으로 향했다. 자판기에서 차가운 음료를 사서 그네에 앉은 뒤에야…… 나는 이 상황의 중대함을 새삼스럽게 깨닫고 말았다.

'……아니, 잠깐만. 지금 상황 엄청 위험한 거 아닌가……? 원래의 아이사카는 내가 벌인 일을 아무것도 모르잖아……. 그렇다면 말이지? 무라카미와의 관계를 내가 알고 있다는 것도, 실랑이가 있었다는 것도, 아이사카가 보기에 어째서 그렇게 되었냐는 생각이 들 수밖에 없을 거고…… 어쩌지.'

한순간, 불과 2초 정도 만에 떠오른 생각이었다.

아니아니아니아니! 이걸 대체 어떻게 설명하냐고……. 최근 들어 아이사카와 대화를 좀 하게 되었다고는 해도, 무라카미와 벌인 실랑이나 그 녀석이 전 남자친구라는 것까지 알고 있는 건 아무리 생각해도 부자연스럽다.

"있지, 마사키…… 마사키는 어디까지 알고 있어?"

"……."

어디까지 알고 있는가……. 그 물음에, 나는 쓸데없이 숨겨봤자 탄로만 날 뿐이라고 생각하고 솔직하게 답하기로 했다.

물론 파트너에 대한 일은 묻어두었다. 거짓말이지만 절

묘하게 거짓말은 아닌 말을 나름대로 고민해 입에 담았다.

"……그, 정말 완전히 우연이었어. 아이사카가 팔을 살짝 걷어붙였을 때 보였거든."

"아…… 그렇구나."

이 말만으로 아이사카는 무엇을 보았는지 짐작한 모양이었다.

"그런 게 있다는 건 그만큼 궁지에 몰렸다는 거잖아. 그때의 난 아이사카와 그렇게까지 교류가 있었던 건 아니지만, 만약 일이 이 이상 나쁜 방향으로 흘러서 같은 반 친구의 몸에 무슨 일이 생길지도 모른다고 생각하니까…… 가만히 있을 수 없었어."

단순무식한 이유라고 생각했지만, 딱히 절반 정도는 거짓말도 아니었다.

당시 거의 교류가 없었다는 것도 사실이고, 가만히 있을 수 없었다는 것도 틀리지 않았고…… 애초에! 아이사카가 옷을 벗은 모습에서 우연히 상흔을 보게 되었다는 말도 완전히 틀린 말은 아니잖아?

"하지만 내가 잘못 봤을 가능성도 있고, 전혀 친하지도 가깝지도 않은 내가 그걸 물어본다 해도 곤란했을 거 아냐. 그래서 나도 결국은 할 수 있는 게 아무것도 없구나 생각했는데── 아까 그 녀석이 다른 여자와 함께 걷고 있었고, 마츠리라는 이름을 입에 담으면서 대화하는 걸 들었어."

어떻게 보면 이것도 틀린 말은 아니다.

그저 뭐, 괜한 의심을 받는 것도 싫었기에 아이사카가 끼어들 틈이 없도록 최대한 말을 멈추지 않고 이어갔다.

"그때 들은 말은…… 물론 기분 좋은 건 아니었지. 아이사카를 나쁘게 말한 건 물론이고 사라져도 좋다는 말까지 들어서……."

아이사카에게도 유쾌한 이야기는 아닐 것이다.

이 이야기를 면전에 대고 하는 것은 좀 아닌가 싶었지만, 아이사카는 딱히 표정을 바꾸지 않고 나를 계속 바라보았다.

"그래서 뭐…… 정신을 차리고 보니 녀석 앞에 서 있었지. 그래서 이런저런 말다툼을 벌이다가 한 대 얻어맞고…… 그게 녀석이 말했던 또 한 대 때려 주겠다는 말의 대답이야."

"……아, 그러고 보니 볼이 부어 있었던 적이…… 있었지."

그 일은 누나나 부모님께 걱정을 끼쳤음은 물론이고 학교에서도 약간 시선을 받았으니까. 아이사카가 그 일에 대해 언급한 적은 없지만, 역시 보고 있었던 모양이다.

"……아팠지?"

"약간. 그래도 뭐, 훈장 같은 거니까."

걱정스럽게 묻는 아이사카에게 그럴 필요 없다는 듯이 엄지손가락을 들어올려 보여주었다.

"하지만…… 왜 저 녀석이 알몸으로 소동을 부렸는지, 왜 아이사카의 집에 설명하러 갔는지는 모르겠어."

역시 무라카미의 변화에 대해서는 자세히 말할 수 없었다.

파트너…… 최면 앱을 눈앞에서 실제로 보여주면서 믿게 만드는 방법도 있겠지만, 그렇게 하면 나의 즐거운 날들과 인생은 거기서 끝이다.

"미안, 아이사카…… 그냥 내가 알 수 있었던 건──."

그때, 살포시 내 뺨에 무언가가 닿았다. 아이사카의 손이다.

바람을 맞아 차가워진 그 손에 흠칫 놀랐지만, 머리에 몰려있던 열기를 식히기엔 딱 좋은 차가움이었다.

"이제 붓기는 완전히 사라졌지만…… 미안해, 마사키. 설마 나 때문에 그런 일이 생겼을 줄은 몰랐어."

"아니아니, 사과할 필요 전혀 없어. 애초에 내가 네 일에 말없이 끼어든 것뿐이니까!"

왠지 묘한 분위기가 되어버려서 나도 좀 당황스럽다……!

화려한 미소녀가 뺨을 쓰다듬어 주다니, 이런 만화 속 주인공 같은 역할을 왜 나 같은 게 겪고 있는 것인지는 모르겠지만, 그래도 꽤 나쁘지 않고 오히려 최고다……. 후우, 일단 진정하고 숨을 들이마시자.

스읍스읍…… 스읍스읍…… 아니, 이러면 계속 들이마시는 것뿐이잖아!

나는 헛기침을 한번 하고 말을 이었다.

"어쨌든! 녀석이 왜 그런 정신 나간 짓을 벌였는지는 모르겠지만, 이런 경위로 조금 알고 있었어……. 나야말로 아이사카의 비밀을 알고 있었으면서 잠자코 있어서 미안해."

"아, 사과하지 마! 물론 친구들한테는 폐를 끼치고 싶지 않다는 마음에 말하지 않았지만, 내 부주의 때문이기도 하고, 우연히 목격한 것뿐이니까 내가 불평할 건 전혀 없어."

우리는 한 번, 두 번 또다시 서로에게 미안하다는 사과를 반복했고…… 그 후 대체 몇 번이나 사과하는 거냐며 서로 웃었다.

"어쩔 수 없는 일인데 우린 계속 사과만 하고 있네."

"그렇지. 하지만 그렇구나……. 마사키는 나를 도와줬었구나."

"그러니까 도와줬다거나 하는 그런 게 아니라니까."

"알아. 아니까, 그래서 더 들어줬으면 좋겠어──. 비록 우연이라고 해도 마사키가 나를 위해 움직여 준 것만은 확실하잖아……. 그러니까 고마워, 마사키."

그렇게 말하며 아이사카는 빙긋, 예쁜 미소를 지어 보였다.

반칙…… 반칙이라고, 그 미소는.

눈앞에서 흩날리는 눈부신 미소…… 내 눈이 전부 다 타 버리지 않을까 싶을 정도로 눈부신 그런 미소를, 나는 지금껏 본 적이 없었다.

나는 이러니저러니 해도 감사의 말을 들을 만한 인간이 아니고, 반대로 내가 사과해야 하는 입장이다……. 그렇지만 이렇게 감사의 말을 듣는 것은 무척 기분 좋았고, 내 나름대로 할 수 있는 일을 해서 진심으로 다행이라는 생각이 들었다.

"우연히 보일 줄은 몰랐어. 가족은 물론 친구 중에서도 아무도 눈치채지 못했는데."

"그걸 보지 못했다면 아무것도 못 했을지도 몰라…… 아이사카, 이제 걱정할 일은 없을 것 같지만…… 저딴 애 때문에 자기를 상처입히는 짓은 그만해. 절대로 하지 마."

"……"

"아이사카?"

미동도 하지 않는 아이사카를 불안한 얼굴로 보고 있는데, 아이사카는 아무것도 아니라고 말하며 하늘을 올려다보고는 입을 열었다.

"더는 안 해…… 절대로 안 해. 고마워, 마사키."

"그러니까 감사 인사는……"

"후훗, 내가 하고 싶어서 하는 거니까 솔직하게 받아줘. 그야 마사키가 움직여줬다는 사실은 틀림없잖아?"

"그건 뭐, 그렇긴 하지만."

"그럼 감사 인사를 받기에는 충분해. 고마워."

어, 엄청 복잡한 기분이다!

기쁨과 부끄러움과 죄책감과 그 밖에 이해 가지 않는 감정들이 완전히 뒤죽박죽 섞여서 머리가 이상해질 것 같아……!

사 온 주스를 마시고 마음을 추스른 뒤 이어지는 아이사카의 말에 귀를 기울였다.

"그 녀석…… 나를 아래로 보고 있었던 것 같아. 자기가 하는 말이면 뭐든 다 들어줄 거라고 생각한 거겠지."

"그래서 오늘 온 거구나."

"응……. 하지만 아마 더 이상 오지 않을 거야. 아까 맞은 일로 자신의 입장이나 내 심정도 충분히 이해했을 거고. 게다가 이 이상 끈질기게 군다면 경찰에 상담해도 되고."

또 경찰서 신세 좀 지라고 하지 뭐, 라고 하며 아이사카는 웃었다.

그리고 이제 슬슬 돌아갈 시간이 되어 이야기가 마무리되어가던 참에, 아이사카가 내뱉은 말이 나를 이 자리에 못박히게 만들었다.

"으응……. 받기만 하고 아무것도 돌려주지 못하는 건 좀 싫은데."

"그러니까 신경 쓰지 말라니까."

"뭐 해 줬으면 하는 거 있어? 가슴이라도 만지게 해 줄까?"

"……윽?!?!?!"

가슴이라도 만지게 해 줄까……??

잠깐만, 이 녀석 지금 무슨 소릴 한 거야? 지금의 난 분명 눈이 튀어나올 정도로 휘둥그레 뜨고 있지 않을까……. 그러면서도 내 시선은 그녀의 가슴 언저리로 빨려 들어갔다.

어느새 버튼이 두 개 풀려 있었고, 아이사카의 풍만한 가슴골이 성대하게 아침 인사를……이 아니라 밤 인사를 건네오고 있다!

"어때?"

"아니아니! 그건 안 되지, 대체 무슨 생각을 하는 거야!!"

최면 중이라면 모를까, 의식이 있는 그녀에게 그런 짓은…… 하고 싶지만! 하고 싶지만 역시 무리가 있다고!

아아, 하지만 이건 기회인 건가?! 지금까지는 그녀 쪽에서 만지게 했다면, 지금은 합법적으로, 내가 직접 그 큰 풍만한 가슴을 만질 기회가 찾아온 것이다……. 도망가는 거냐, 나ㅡㅇㅇㅇ은?!!

"좀 만진다고 줄어드는 것도 아닌데, 자?"

아이사카가 가슴을 내밀었고, 눈앞에서 커다란 풍만함이 위아래로 흔들렸다.

언제봐도 고등학생스럽지 않은 훌륭한 거유에 무심코 손이 뻗을 뻔했지만…… 나의 소심함이 발동했다…… 발동해 버리고 말았다.

"여, 역시 이런 건 좀 아니지! 혹시 아이사카, 여러 일들이 겹쳐서 피곤해진 거 아냐? 분명 그럴 거야!"

아아, 난 진짜 바보다……. 아이사카 본인이 만져도 된다고 했는데 이 꼴이다.

난 평생 최면에 걸린 여자아이 말고는 야한 짓을 하지 못하는 게 아닐까.

속으로 그런 절망적인 생각을 떠올리고 있는데, 아이사카가 키득키득 웃으며 더욱 나를 괴롭게 만드는 말을 했다.

"아하하♪ 마사키는 정말 신사네!"

신사라고? 말도 안 돼. 나와는 가장 거리가 먼 말이라고!!

그녀의 말이 진심인지 농담인지는 모르겠지만, 인생에서 한 번이나 두 번 올까 말까 하는 야한 이벤트를 놓쳤다는 것에…… 진심으로 슬픔을 금할 수 없었다.

"그 정도의 말이 나올 정도로 기뻤다는 뜻이야."

"……응."

그런 미소는 심장에 해로우니까 제발 그만해 줘.

지금까지 여자친구를 사귀어 본 경험도 없고, 동정이라는 신분을 가진 나에게는 너무나도 자극이 강하다.

"이제 집에 가야겠다. 아이사카도 슬슬 가야지?"

"아…… 그러네."

이제 6시가 가까워지고 있었다.

주변도 꽤나 어둑어둑해져서 안전하다고 장담할 수는 없었기에, 나는 아이사카를 집까지 데려다주게 되었다.

"마사키…… 있지."

"응?"

"앞으로 교실에서…… 좀 더 말 걸어도 돼?"

"그건 전혀 상관없어. 같은 반이니까."

"응!"

어라…… 혹시 나도 청춘의 시작인가……?

마지막으로, 어려울지도 모르지만 내가 알게 된 일뿐만이 아니라 그 밖에 곤란한 일이 생기면 누군가에게 꼭 상담하라는 말을 전한 뒤 아이사카와 헤어졌다.

"……후우."

피곤하다……. 여러 가지 의미로 피곤하다, 정말로.

애초에 파트너의 힘을 내 욕심껏 사용한 것뿐인데, 인생에선 무슨 일이 일어날지 모른다는 건 정말 맞는 소리다.

▶▷

"……잘 가, 마사키."

저 멀리 어둠 속으로 사라져가는 마사키의 등을 배웅하며 나는 집으로 들어갔다.

그 후 저녁 식사와 목욕을 마치자 시간은 순식간에 흘러갔고, 나는 침대 위에서 무릎을 끌어안은 채 시간을 보내고 있었다.

"……마사키."

마사키 카이…… 나도 모르는 사이 내 비밀을 알아차리고, 내가 모르는 곳에서 휘말려버린 남자아이……. 하지만 동시에 나를 위해 움직여 준 사람.

"나를 도와준 사람……."

마사키도 말하긴 했지만, 그 녀석에게 일어난 일은 나도 정말 모르겠다.

뭔가 이상한 힘…… 그야말로 판타지 같은 힘이 발동했다고 말하는 편이, 믿기는 힘들지만 그나마 납득할 수 있을 것 같은 기분이었다.

"마사키의 목소리는 엄청 편안해……. 마음이 가벼워지는 기분이야."

무심코 입 밖으로 나와 그때 마사키에게 물어봤었지만…… 정말로 왜 이런 기분이 드는 걸까.

"……요즘 꾸는 꿈과 관계가 있나?"

나에게는 요즘 자주 꾸는 꿈이 있다.

그것은 한 남자아이와 보내는 꿈…… 평범하게 대화를 이어가는가 하면, 내가 스스로 그 아이를 끌어안는 꿈……. 이상한 꿈이지만, 꿈속의 나는 그 시간을 정말 즐겁고 소중하게 보내고 있었다.

"신기하지. 정말 이상한 꿈이야."

어차피 꿈이니까 세세한 것까지 기억하고 있는 것은 아니다.

하지만 그 꿈에 나오는 남자아이는 무척 귀여웠다……. 외모를 말하는 게 아니라, 그 성격과 본질이 무척 귀엽다.

『요즘엔 별일 없어?』

『무슨 일이 있으면 꼭 말해.』

『가슴을 만지고 싶어……. 하지만 내가 만지는 건 부끄러워.』

『있지, 그쪽에서 먼저 와주면 안 돼?』

나를 항상 배려해 주는 모습과, 야한 것을 부끄러워하며 하지 못하는 그 모습……. 배려에 대한 대가라고 하긴 좀 그렇지만, 악의라고 부르기엔 너무나도 사랑스러운 그런 모습을 보고 있으면 오히려 내 쪽에서 어리광을 받아주고 싶은 마음이 들었다.

"비록 꿈이라도 모르는 남자가 몸을 만지는 건 싫어……. 하지만 그 꿈은 전혀 달라……. 불쾌감이랄까. 싫다는 감각이 전혀 없어."

그건 정말로 신기한 감각이었다.

그의 말이 똑바로 나의 마음에 와 닿는 감각……. 마음을 뒤덮고 있어야 할 벽이 제거된 느낌이라, 선의나 악의에 한껏 예민해져 있는 나에게 그의 목소리가…… 그 목소리에 숨겨진 그의 상냥함이 전해지는 느낌!

"내 마음이 드러나는 만큼, 그의 마음도 알 수 있으니까."

그 꿈이 불쾌하게 느껴지지 않는 것은 그 이유 때문이라고 생각한다.

그의 마음이 어떤 것인지도 나는 희미하게나마 알고 있으니까……. 그가 챙겨주는 것과 상냥함을 주는 것이 무척 기쁘다. 그래서 그가 원하는 대로 하게 두고 싶고, 뭔가를 원한다고 하면 그것을 해 주고 싶었다.

"거역하고 싶은 마음도 없고 기쁨마저 느껴진달까……. 아아, 나는 꿈인데 뭘 진지하게 고민하고 있는 거야."

하지만 그만큼 신기한 꿈과 감각이었다.

어째서 지금 이 꿈이 떠오른 것일까……. 그것은 꿈에 나오는 남자아이가 그와…… 마사키와 닮았기 때문이었다.

희미하게 기억하는 겉모습과 목소리, 그것이 어떻게 해

도 자꾸만 마사키와 겹쳐 보였다.

그 때문에 나는 그에게 차분한 목소리를 갖고 있지 않느냐는, 갑자기 묻기엔 너무 엉뚱한 질문을 해버리고 만 것이다.

"꿈은 꿈, 현실은 현실⋯⋯. 그런데도 이렇게 겹쳐보다니, 나도 참 어떻게 된 걸까."

나도 모르게 작년 생일에 아빠가 사주신 봉제인형을 끌어안았다.

"마사키 같은 사람을 알면 알수록 과거의 내가 얼마나 사람 보는 눈이 없었는지 절실하게 깨닫게 돼⋯⋯. 그래도 분명, 일이 더 진행되기 전에 깨달아서 다행인 거겠지."

그런 생각을 갖고 있었기에, 나는 더 이상 당시의 일을 마음에 담아두고 있지 않았다.

가족에게 외면당할 뻔했던 일도, 그 녀석에게 잔인한 말을 들었던 일도, 그 모든 일이 지금은 정말 조금도 신경 쓰이지 않았다⋯⋯. 그리고 그것은, 자신의 몸을 다치게 하는 행위조차 나에게서 멀어지게 만들었다.

"⋯⋯알고 싶어, 마사키에 대해."

아직 좀 더 알고 싶다⋯⋯. 마사키는 어떤 사람인지에 대해.

사실 그와 나누는 대화는 무척 즐겁다. 그래서 오늘, 그에게 함께 놀지 않겠느냐고 권유한 것은 확실한 진심이었다.

"하지만 역시 꿈에 나오는 남자가 마사키를 닮았다는 이

유로 마음을 열었다, 라는 소리는 못 해. 마사키 입장에서
는 무슨 소린가 싶을 거고."

하지만 그만큼 마사키와 친하게 지내고 싶다는 뜻이다!

원래라면 좀 더 많이 물어보고 싶고 궁금했던 것들도 있
었지만, 마사키라면 신뢰할 수 있다는 생각에 그걸로도 충
분하다고 판단했다.

"……후훗, 내일부터 기대된다♪"

지금껏 학교에 가는 것을 이 정도로 기대한 적이 있었을
까……. 그리고 무엇보다, 특정한 누군가와 이렇게나 대화
하고 싶다는 마음이 든 적이 있었을까.

지금 이 시간, 마사키는 뭘 하고 있을까?

그런 생각을 하면서, 아주 즐거운 기분으로 잠을 청했다.

▶▷

파트너의 힘에 의지하지 않고 아이사카를 도우러 갔다.

그 사건은 아무래도 내가 생각했던 것 이상으로 아이사
카에게 좋은 영향을 준 모양이었다. 다음 날부터 아이사카
와 대화하는 일이 알게 모르게 늘어났다.

그렇다 해도 교실에서는 서로의 친구나 같은 반 아이들
의 눈도 있었기에 오래 대화하는 정도는 아니었지만……
그래도 지금까지의 내 입장을 생각하면 큰 변화이긴 했다.

"야, 야. 너 왜 이렇게 아이사카랑 친해졌냐?"

"맞아, 맞아! 오늘도 인사받았고, 아까도!"

"……그게 말이지."

딱히 엄청 갑작스러운 일은 아니었지만, 요즘 아이사카와 자주 대화한다는 이유로 친구 두 명도 상당한 관심을 보이고 있었다.

"뭐, 여러 일들이 좀 있었어."

역시 대놓고 말할 수는 없는 일이었다.

그리고 딱히 아이사카와 특별한 관계가 된 것도 아니고, 자주 대화를 나누는 같은 반 친구 정도로 레벨업했을 뿐. 정말 그뿐이다.

"……뭔가 사연이 있다는 얼굴이네."

"그럼 자세한 건 안 묻는 게 낫겠다."

"미안해, 두 사람 다."

두 사람이 이해심이 좋아 다행이었다.

아키라도 쇼고도 거기서 만족했는지, 그 이후에는 아이사카에 대해 묻는 일은 없었다.

'……설마 싶지만.'

그 후에도 물론 나는 파트너의 힘을 써서 아이사카를 계속 불러냈다.

멀쩡한 상태인 아이사카에게 몸에 상처를 내지 않는다는 것, 무라카미에 관해서도 더는 아무 감정도 없다는 말을 듣긴 했지만, 그래도 문득 신경이 쓰이면 최면 상태인 그녀에게 요즘은 어떠냐고 묻고 만다.

이것만큼은 이제 내 일상 같은 것이라 거의 습관적으로 나왔다.

'뭐, 상관없지 않나? 매번 불러낼 때마다 변함없이 내 마음대로 하고 있으니까!'

그래도 아직 내가 먼저 만지는 일은 좀처럼 하지 못하고 있었다.

그럴 때마다 스스로를 소심한 놈이라며 비난하고 싶은 마음이 들었지만, 반대로 한 번 손을 대면 멈출 수 없게 되는 것이 아닐까 하는 두려움도 있었다. 최악의 악당이 되기에는 아직 한참 이른 모양이다.

하지만 그것도 어쩌면 오늘까지일지도 모른다!

"……흐헷."

옆에 친구가 있는 탓에 입가에 꾹 손을 누르고 있어 다행이었다.

어째서 이렇게 흥분하고 있는가…… 그것은 오늘 방과 후, 내가 드디어 아이사카 이외의 여자아이에게 손을 댈 것이기 때문이다!

혼마, 아가츠마로 타깃은 이미 좁혀두었다……. 그 상태에서 여러 가지 고민 끝에 내가 오늘 새롭게 최면을 걸 상대는, 아가츠마였다.

'종례 후에 바로 돌아간다는 건 이미 파악이 끝났어……. 집까지 따라가진 않겠지만, 어디쯤에서 그녀가 혼자가 되는지도 모두 분석 완료란 말씀.'

내 안의 지성인이 안경을 휙 치켜올리고 있었다.

아이사카에게 최면을 걸면서 한층 더 숙달……된 건 아니지만, 그래도 이제 파트너는 정말로 내 몸의 일부처럼 움직였다.

오늘도 고마워, 파트너. 그리고 나에게 감동과 흥분을 전해 줘서 고마워──. 그런 만큼 아가츠마라는 사냥감을 꼭 잡아낼 테니까 잘 부탁한다!

"좋아, 오늘 하루도 힘내자~!"

"가, 갑자기 왜 이래?"

"역시 여자와 친해지면 기운이 넘쳐흐르는 법인가."

그야 기운이 넘칠 만도 하지, 여러 의미로!

그런 식으로 오전 중에는 높아진 텐션을 계속 이어갔다. 점심시간이 온 뒤에도 아가츠마를 위해 스마트폰의 배터리를 남겨둬야 했기에 아이사카를 불러내지는 않았다.

그건 그거대로 아쉬운 일이었지만, 그녀와 친해진 영향은 알기 쉽게 드러났다.

"아, 마사키!"

복도에서 눈이 마주친 순간, 아이사카가 친구들 무리에서 벗어나 달려왔다.

"안녕, 아이사카."

"마사키가 보이길래 와 버렸어♪"

……젠장, 귀엽잖아.

아가츠마 일은 내일로 넘기고 지금 당장 아이사카에게

최면을 걸어 빈 교실로 가고 싶은 마음을 꾹 눌렀다.

"학교에서 대화하는 일이 늘었네, 진짜."

"그러게. 그래도 같은 반이니까 이상할 건 없잖아? 게다가 이제 친하잖아."

"……어어."

말의 내용도 그렇지만, 생글거리며 웃는 모습이 귀여웠다.

아이사카와 접점이 생긴 뒤 나를 노려보는 남자애들의 시선이 성가시기는 했지만, 이 미소를 봤다면 그녀를 좋아하게 돼도 이상하지 않다고 생각하며 납득했다.

아무것도 하지 않았는데도 눈총을 받는 것은 당연히 싫다. 하지만 이렇게 아이사카와 마주하면 반대로 그들의 마음이 이해된다니 아이러니한 일이다.

"마사키, 오늘 기분이 엄청 좋아 보이는데? 무슨 일 있어?"

"어? 그래 보여?"

"엄청 그래 보여. 무슨 일이라도 있었어? 궁금해."

"……그게."

씨익 웃더니, 먹잇감을 찾았다는 듯한 표정으로 아이사카가 더욱 내게 다가왔다.

지금까지 본 적 없는 아이사카의 표정에, 그리고 거리를 좁혀오는 그 행위에 심장이 거세게 요동쳤다.

"어떻게 말하게 만들까…… 으음."

향기가 너무 달콤하다.

내 얼굴이 확실하게 붉어졌다는 것을 나도, 아이사카도

알고 있을 것이다……. 아이사카는 내 옆에 딱 붙어 서서 톡 하고 어깨를 가볍게 부딪쳐왔다.

"얼른, 말해 봐, 마사키♪"

"윽…….."

이, 이게 인싸 소녀의 압력이라는 건가?!

터무니없는 공격력 앞에 내 방어력은 풍전등화였다. 아니, 애초에 아이사카의 거리감이 좀 이상한데?

"아, 참고로 사이 좋은 상대끼리는 이 정도로 해. 딱히 놀리겠다거나 하는 짓궂은 생각은 아니니까 걱정 마?"

"그렇……습니까."

눈부시다……. 너무 눈부셔서 안구가 타들어갈 것 같다.

한 번, 두 번, 세 번. 가볍게 어깨를 두드린 그녀가 지그시 나를 응시해 온다……. 눈이 마주친 순간 또다시 미소를 지어 나는 민망함에 시선을 피했다.

'나는 언제 이런 러브 코미디 세계에 빠진 거지?'

꽤 진지하게 그런 생각이 들었을 정도로, 아이사카에게 마음껏 농락당하는 나였다.

"농담이야. 갑자기 미안해."

"아니……. 괜찮아."

"마사키와 대화하다 보면 즐거워서 나도 모르게 그만……. 아, 근데 정말 놀릴 마음은 없었으니까 그것만은 오해하지 말아줘."

"응."

"그렇다면 됐어! 그럼 난 애들한테 가볼게~."

살랑살랑 손을 흔들며 떠나가는 아이사카.

"……폭풍 같은 시간이었네."

설마 아이사카와 그런 대화를 나눌 줄이야……. 하지만 저런 미소도 내가 벌인 소행을 알면 쓰레기를 보는 듯한 눈빛으로 바뀌지 않을까. 그렇게 생각하면 좀 무섭다.

그렇다고는 해도, 두려워하고만 있으면 아무것도 할 수 없다.

절대로 들켜서는 안 된다는 사실을 다시 한번 되새기며, 나는 아가츠마를 조종한다는 목적을 반드시 수행하겠노라 기합을 넣었다.

그.리.고!

기합과는 달리 졸음이 쏟아지는 수업을 지나, 종례가 끝난 순간 나는 바로 교실을 나섰다.

"……있다."

마침 교실에서 아가츠마가 나오는 것을 발견했다.

주위 학생들에게 일절 섞이지 않고 외롭게 걸어가는 그녀의 모습은 너무나도 찾기 쉬웠다.

"아……."

그 등을 바라보고 있을 때, 아가츠마와 한 여학생이 부딪쳤다.

고의는 아니고 한눈을 팔고 있던 탓에 우연히 부딪힌 것 같지만, 그 여자애는 아가츠마를 힐끔 보기만 하고 아무런 사과의 말 없이 가버렸다.

아가츠마도 부딪친 순간 잠시 비틀거렸을 뿐 고개를 돌리는 일 없이 아래를 향한 채 묵묵히 걸어갔다.

"……정말로 혼자네, 저 녀석. 뭐, 상관없지. 놓치지 않게 쫓아가자."

그렇게 말하며 걸음을 재개하려 할 때, 등 뒤에서 누군가가 말을 걸어왔다.

"기다려, 마사키."

귀에 익은 목소리를 듣고 뒤를 돌아보자, 그곳에 있던 것은 역시나 그들── 내가 아이사카와 대화를 나눌 때마다 노려보는 그들이었다.

"잠깐 기다려. 너한테 할 얘기가──."

"나는 없어."

"윽……."

그래, 나는 이 녀석들에게 신경을 쓸 시간이 없었다.

어차피 아이사카와 대화하고 있는 것이 마음에 들지 않으니 그 일에 관해 불평하려는 심산이겠지.

굳이 알고 있는 내용을 곧이곧대로 듣는 것도 싫고, 지금의 나는 아가츠마의 존재 말고는 생각하고 싶지 않았다. 내 에로스에 관한 탐구심을 이런 녀석들에게 방해받고 싶지 않다는 뜻이다.

"미안하지만 급하거든."

남자보다 에로스!

그것을 증명하듯 그들을 노려보자, 그들은 놀란 얼굴로 아무것도 아니라며 물러섰다.

훗, 지금의 나는 그 누구도 멈출 수 없다.

짧은 대화를 나누는 사이 아가츠마의 모습이 사라진 것을 깨닫고, 나는 곧바로 빠른 걸음으로 계단을 내려갔다.

"망했……!"

하지만 거기서 발을 헛디뎌서 한심하게 넘어지고 말았다.

다행히도 바로 그곳이 계단참이었기에 계단 아래로 굴러 떨어지는 참사는 일어나지 않았지만, 그런 나를 마침 계단참에 있던 아가츠마가 딱 목격하고 말았다.

"……안녕."

"…….."

참고로 내 부끄러운 순간을 목격한 것은 아가츠마 뿐이다.

참기 힘든 기분에 머리를 긁적이며 인사를 한마디 했지만, 아가츠마는 일절 표정을 바꾸지 않았다. 긴 머리로 눈가를 가린 채 꾸벅 고개를 숙일 뿐이었다.

"…….."

"…….."

나와 아가츠마 사이에 퍼지는 말로 형용할 수 없는 이 분위기……. 아가츠마는 입을 여는 일 없이 내게서 시선을 떼고 슥 옆을 지나갔다.

"……뭐지?"

순간 그녀가 나를 무서워한 것 같은 기분이 들었는데, 기분 탓인가?

명한 얼굴로 그녀의 등이 멀어지는 것을 하염없이 바라보다가, 본래의 목적을 떠올린 나는 곧바로 그녀의 뒤를 쫓았다.

학교를 나와 한동안 걸어가다, 주위의 눈이 모두 사라진 시점에 아가츠마를 불러 세웠다.

"아가츠마!"

"웃……?"

좋아, 여기다!

뒤돌아본 그녀를 대상으로 삼고 파트너를 실행하자, 아가츠마는 내 쪽으로 몸을 돌린 채 일체의 움직임을 멈췄다.

"제대로 걸렸나? 아가츠마, 오른손 들어줘."

"응."

내가 시키는 대로 아가츠마는 오른손을 들었다.

망설임 없는 그 행동에 최면이 제대로 기능한 것을 확인하고, 나는 흥분을 억누르며 그녀에게 명령했다.

"지금부터 너희 집에 데려가 줘……. 참고로 집에 사람은 있어?"

"없어."

"그렇구나…… 좋아."

첫 관문은 돌파! 이대로 그녀의 집에 들어가기로 하자.

너무 여유를 부려도 부모님이 돌아오실 테니까, 신속하

고 스마트하게 아가츠마를 조종해야지.

"……후우."

쿵쾅쿵쾅 심장 소리가 시끄러웠다.

최면을 건 여성에게 야한 짓을 한다……. 아이사카와 시간을 함께 보내며 완전히 익숙해졌다고 생각했는데, 상대가 아가츠마로 바뀌면서 그 부분이 초기화라도 된 것인지 긴장감이 정말로 엄청났다.

그러나 그런 긴장감에도 나의 음흉한 마음은 멈추지 않았고── 나는 주위에 사람이 없는 것을 확인하고 이런 말을 했다.

"아가츠마…… 등 뒤에서 날 안아주지 않을래?"

……뭐, 뭐어, 처음에는 다 이런 거지.

"알았어."

내 물음에 아가츠마는 고개를 끄덕이고, 느린 동작으로 내 등 뒤로 돌아가더니 나를 꽉 끌어안았다.

"……이게 무슨?!"

끌어안긴 순간, 내 안에 엄청난 충격이 찾아왔다.

등에 몸을 밀어붙이는 것에서 그치지 않고 배에 팔을 두르는 주도면밀함. 하지만 그게 중요한 게 아니다!

뭐야…… 뭐냐고, 이 등에 전해지는 부드러움은?!

'이건…… 이 녀석은 크다……!'

그래, 등에 전해지는 부드러움…… 그리고 그 크기가 압도적이었다.

그렇게까지 극단적으로 차이가 나는 것은 아니지만, 틀림없이 아이사카보다 크다.

원래도 아가츠마는 가슴이 크지 않을까 생각했는데, 설마 이 정도일 줄이야…… 이 전투력, 도대체 어느 정도일까.

"……몇 컵이야?"

"H."

"……H하네."

역시…… 역시 야하다, 이 녀석.

언제나 구부정한 등을 하고 있어 알기 어려웠던 그 몸에 아이사카 이상의 훌륭한 물건을 숨기고 있었다니, 죄 많은 여자다.

참고로 아이사카에게도 몇 컵인지 물어본 적이 있다. 그녀는 F라고 했다.

'아니, 그것도 충분히 크지만 말야.'

우리 고등학교는 미인도 미인이지만 몸매까지 좋은 애들이 너무 많아서 문제다.

그러나 그만큼의 인재가 많음에도 나는 여태껏 아이사카와 아가츠마 말고는 최면을 걸어보지 못했다……. 한심한 일이군.

"더는 못 참겠어! 아가츠마! 빨리 집에 데려가 줘!"

"알았어."

일단 등에서 떨어지게 한 후 나는 아가츠마의 집으로 향했다.

이미 속으로는 벌렁벌렁 심장이 요동칠 정도의 긴장 상
태였지만, 신사는 언제나 냉정해야 하는 법. 아가츠마의
집에 들어갔다고 해서 곧바로 달려드는 꼴사나운 짓은 하
지 않았다.

"이쪽."

"어."

여기에 오면서 깨달았는데, 아가츠마는 단답이라고 할
까 꽤 담백한 반응이 많았다.

처음의 아이사카도 이런 느낌이었긴 했지만, 아마도 아
가츠마는 원래 성격이 이런 거겠지.

"……."

그리고 또 한 가지 느낀 것이 있었다. 이 집에 어딘가 쓸
쓸한 분위기가 감돌고 있다는 것.

"부모님이 안 계시다는 건 아까 들었는데 언제쯤 돌아
오셔?"

"……모르겠어. 하지만 분명 늦을 거야."

"허, 그건 좋은 일이네."

이런 대화를 하면서도 집안의 관찰도 빼놓지 않았다.

생활감은 있지만 역시 어딘가 횅하다……. 그대로 들어
간 아가츠마의 방은 아무것도 어질러져 있지 않고 깨끗했
다. 역시 또래 여자애 방치고는 어딘가 단조롭다.

누나와 아이사카의 방을 봐서 그런지 더더욱 살풍경해
보였다.

"······이, 일단 말이지, 아가츠마!"

"응."

뭐, 방에 관한 건 아무래도 상관없다······. 바로 해 버리자!

"그럼 바로······ 옷을 벗어줘."

"알았어."

말해 버렸다······ 말해 버렸어!

아이사카 때와 똑같은 짓을 해 버렸다는 배덕감과, 지금부터 황홀한 장면을 볼 수 있다는 기대감에 휩싸였다.

내 말에 따라 아가츠마는 교복을 벗었고, 스커트도 털썩 바닥으로 떨어졌다.

"······호오~."

그녀를 보호하고 있는 것은 셔츠와 속옷뿐······ 여기까지 오자 압도적일 정도로 큰 가슴이 과할 정도로 눈에 들어왔다.

"자자, 얼른 벗어······ 벗어!"

"응."

나는 이미 악덕 관리가 된 기분이었다.

그녀가 셔츠에 손을 걸치고, 그 안쪽 피부가 드러난 순간── 나는 눈을 휘둥그레 떴다.

"······아가츠마, 일단 손을 멈춰봐."

"알았어."

마지막 장벽인 브래지어에 손을 댄 순간, 나는 그녀를 제지했다.

"흥분해서 이것저것 간과하고 있었는데, 그 배랑 팔이 랑…… 허벅지에 생긴 멍은 뭐야?"

이미 새파랗게 변해 버린 무수한 멍들이 아가츠마의 몸에 새겨져 있었다.

무언가에, 혹은 무언가가 강한 충격을 줬을 때 흔히 생기는 그 멍…… 나는 설마 하면서도 그녀의 말을 기다렸다.

"……아빠한테 맞거나 걷어차인 거야."

"…… ."

"……엄마는 도와주지 않아."

그 순간 내가 하늘을 우러러봤음은 말할 필요도 없다.

그래…… 아가츠마는 아빠에게 폭력을 당하고 있구나…… 그런데도 엄마는 전혀 도와주지 않는다…… 허어.

"미안, 잠깐만 타임."

"?"

나는 천천히 이마에 손을 가져가며 깊은 탄식을 내뱉었다.

"이 아이도 문제가 있다고……?"

왜…… 왜 이렇게 되는 거지?

아이사카 때도 이런 기분을 느꼈는데, 왜 내가 야한 일을 벌이겠다고 생각한 여자애들은 다들 이런 거야.

파트너여…… 날 조종해서 문제를 안고 있는 여자애들만 만나게 하는 건 아니겠지?

"……무슨 일?"

"너야말로 무슨 일이냐고……."

일단 이건 무슨 일인지 이야기를 들어봐야 할 안건이다.

"……."

"……."

눈앞에서 아가츠마가 속옷 차림으로 앉아 있었다.

정말 고등학생이 맞나 의심스러울 정도로 나이스한 몸에 시선을 빼앗긴 것은 당연하지만…… 그 이상으로 그녀의 몸에 보이는 멍이 너무 아파 보였다.

"……정말, 어떻게 된 거야."

아이사카에 이어 아가츠마도 알기 쉬운 문제를 안고 있었다.

어쩌면 내가 실험을 위해 거리에서 최면을 걸었던 사람들 모두…… 아니아니, 역시 그렇다면 내 운명의 힘이 너무 위험한 데다 이 현대 일본은 끝장이다.

"눈앞에 최상의 여체……가 있는데 말이지."

일단 이것저것 물어보기로 할까?

"성폭력이라든가……?"

"그쪽은 아직 괜찮아."

"아직……인가."

말투만 보면 언제 당해도 이상하지 않다는 뜻인데?

나는 아직 애기 때문에 아이를 가진 어른의 심정은 모른다. 하지만 자신의 딸을 덮치는 부모는 쓰레기라고 단언할 수 있었다.

뭐, 일단 그냥 폭력을 휘두르는 시점에서 쓰레기지만.

"아가츠마, 좀 더 가까이 와줘."

"응."

곁에 온 아가츠마에게서 달콤한 향기가 났다.

아이사카 때와는 또 다른 향기였는데, 마치 꽃 냄새를 맡고 있는 듯한 기분이었다.

아이사카 이상의 거유가 흔들리는 모습에는 물론 시선을 빼앗겼지만, 나는 그녀의 이마에 손을 대고 앞머리를 들어올렸다.

"가려진 머리카락 아래는…… 뭐야. 엄청 예쁜 얼굴이잖아."

다만 약간 불행해 보이는 인상인 것은, 방금 들은 이야기 때문임이 확실하다.

"……아깝네."

긴 앞머리로 눈가를 가리고 있는 것도 그렇고, 최면 상태라 멍해졌다는 이유를 빼도 아가츠마에게서는 생기가 전혀 느껴지지 않았다.

이것이 아가츠마의 모든 것을 물거품으로 만들고 있다고 해도 과언이 아니다. 이 역시 어둡고 음산한 분위기를 연출하는 데 한몫하고 있었다.

"폭력은 언제부터야?"

"고등학생이 된 뒤부터…… 그래도 처음에는 가벼웠지

만, 최근에는 이렇게 자국이 남을 정도야."

"⋯⋯계속 참은 거야?"

"응. 의지할 사람도 없으니까."

"⋯⋯."

이 감각⋯⋯ 아이사카 때도 느꼈다.

내가 가족이나 친구들과 즐겁게 하루하루를 보내고 있는 사이, 아이사카나 아가츠마와 같이 괴로운 시간을 보내는 사람들이 있다.

물론 뉴스라든가 인터넷엔 이런 문제는 얼마든지 넘치고 있지만⋯⋯ 가까운 곳에 있을 거라고는 생각해 본 적도 없었다.

"⋯⋯."

파트너의 힘으로 그녀를 조종하려고 했던 내가 동정할 자격 같은 건 없겠지만⋯⋯ 그래도 말이지. 아, 정말!

머리를 벅벅 긁었다.

가족에게 폭행당한다는 건 어떤 느낌일까.

우리 부모님은 나도 누나도 진심으로 사랑해 주시고, 단한 번도 방해된다는 말을 한 적은 없다. 그만큼 나는 축복받은 가족을 갖고 있다.

아이에게 있어서 부모라는 것은 가장 가깝고 의지가 되는 존재여야 한다. 그런 존재에게 폭행을 당하는 건 말도안 되게 괴롭겠지.

"⋯⋯죽고 싶다는 생각도 들어?"

그것은 조심스러운 질문이었다.

본래 상태의 아가츠마에게는 물을 수 없지만, 기억에 남지도 않고 솔직해진 지금의 그녀이기에 물어볼 수 있는 질문.

아가츠마는 조금의 공백도 없이 대답해 주었다.

"아무도 의지할 데가 없어. 아무도 도와주지 않아. 내 가치는 뭘까 하는 생각이 자주 들어. 차라리 사라져버리면 편해질 거야."

아가츠마는 아래를 바라보며 그렇게 말했다.

지금 단계에서는 죽겠다는 생각까진 아닌 것 같지만, 무슨 일을 계기로 한 번만 더 내몰리면 아가츠마는 확실히 스스로를 끝내버릴 것이다. 그런 허무함이 말끝마다 느껴졌다. 나는 지친 얼굴로 한숨을 내쉬었다.

"아무에게도 의지할 수 없다는 건 도와줄 곳도 없다는 건데……."

내가 이렇게 말할 수 있는 건 그녀의 괴로움을 모르는 외부의 인간이기 때문일까.

아가츠마의 어둠의 원인이 그녀에게 가해지는 폭력에 있다면, 그것이 학교에서의 고립을 낳아 친구조차 없는 지금의 아가츠마를 만든 것일지도 모른다.

"……하지만."

"응?"

"친가쪽 조부모님은 잘해 주셔. 하지만 그분들은 아빠도 소중히 생각하고 계시니까, 폭력을 휘두른다는 사실을 알게 되면 분명 슬퍼하실 거야. 그러니까 폐를 끼치고 싶지 않아."

"……그러냐."

딜레마라는 녀석인가.

아무도 의지할 수 없다고 말했지만 의지할 만한 상대는 있다……. 하지만 의지해 버리면 동시에 그 상대를 슬프게 만들고 만다.

자신을 지키는 게 우선이다, 그런 건 신경 쓰지 말고 말해라, 라고 하려다가 나는 입을 다물었다.

'그렇지……. 어쩌면 이 일을 이야기했을 때, 조부모님이 자신보다 아빠를 우선시하며 적으로 돌아선다면…… 이런 생각도 한 게 아닐까?'

그렇게 생각하면 무책임한 말은 할 수 없었다.

"정말…… 평범한 학생한테는 어려운 이야기인데."

나는 또 머리를 긁었다.

학대 문제는 상당히 뿌리가 깊어서, 경찰에 상담한다고 해결되는 것도 아니다. 더 심해지거나 오히려 문전박대를 당하는 경우도 있다고 어딘가에서 본 적이 있었다.

모든 경우가 그렇다고는 단언할 수 없지만…… 아니, 왜 고등학생인 내가 이런 문제로 고민을 해야 하는 거냐고.

"요즘 엄마는 전혀 안 들어오셔서……. 아빠는 기본적으로 늦지만 늘 술을 마시고 험악한 분위기로 돌아와."

"들으면 들을수록 가관이네."

그때 아가츠마의 스마트폰으로 전화가 걸려왔다.

내가 전화를 받으라고 명령하자 아가츠마는 고개를 끄덕이며 통화를 시작했다.

"응…… 응……. 알았어……. 끊을게."

"아빠인가?"

"응. 오늘은 안 오신대."

"허어."

가족이 돌아오지 않는다. 본래라면 쓸쓸한 일일 텐데, 아가츠마에게서는 어딘가 안심한 기색이 느껴졌다.

'당사자가 아닌 나라서 가볍게 생각할 수 있는 거겠지. 안쓰럽기는 하지만, 아가츠마가 어떤 생각을 하고 있는지까지는 알 수 없으니까.'

행복한 인간과 그렇지 않은 인간, 그 둘 사이에 존재하는 감각의 차이는 무척이나 클 것이다.

어쨌든, 방금 그 전화로 아무도 돌아오지 않는다는 사실을 알게 되었다.

그렇다면 내 마음대로 할 수 있지 않을까. 나는 지금 이 순간만큼은 인간적인 마음을 버리고 본래의 목적을 수행하기로 했다.

"음…… 우선 한 번 더 뒤에서 안아줄래?"

"알았어."

……결국 또 나는 내 스스로 만질 용기는 가지지 못했다.

명령대로 아가츠마는 내 등 뒤로 돌아서서, 꾸욱 하고 그 풍만한 가슴을 등에 붙이며 끌어안았다.

"오오…… 역시 굉장해."

만지니 마니, 직접 만지느니 만져지느니 하는 문제는 이미 낡은 사고방식일지도 모른다.

지금 시대는 등에 꾹꾹, 팔에 꾹꾹 아닐까.

'결코…… 결코 내가 먼저 만지지 못하는 한심함을 외면하려고 하는 말이 아니야! 절대로 아니라고!!'

진리에 도달한 대가로 인해 눈물이 흐른 것 같기도 하지만, 그것을 신경 쓰면 지는 것이다.

스마트폰의 남은 배터리는 충분하다……. 자, 그럼 이번에는 정면에서 껴안아달라고 할까!

"이번에는 정면에서 안아줄 수 있을까?"

"좋아."

이번에는 아까보다 더 가까이, 눈앞으로 아가츠마가 다가왔다.

그녀는 책상다리로 앉아 있는 내 다리 사이에 앉더니, 몸 전체를 나에게 떠밀듯이 정면에서 끌어안겼다.

마침 나와 그녀의 얼굴 위치가 비슷한 탓에, 내 가슴팍에 짓눌리며 형태가 뭉개지는 커다란 가슴이 훤히 들여다보였다.

"오…… 오오!"

이건 정말 대박이다. 시야에 펼쳐진 절경에 마음을 완전히 사로잡혔다.

생각해 보면 아이사카에게 안아달라고 했을 땐 교복 차림이었기 때문에 직접 이렇게 코앞에서 본 적은 없었던 것 같다……. 흠, 조만간 꼭 아이사카에게도 똑같은 일을 시켜봐야지.

"아가츠마, 최고잖아!"

"이런 게 좋아?"

"좋지!"

그 후 시간상으로는 30분 정도, 나는 계속 아가츠마의 몸을 만끽했다.

물론 그 사이에 내가 만진 장소는 어깨 정도였다. 정말 어떻게든 만져보고 싶었던 부분은 아가츠마 쪽에서 먼저 오라고 유도했고, 나는 다시 한번 스스로의 나약함을 실감해야 했다.

"……굉장했어."

숨어있던 단정한 외모나 훌륭한 몸매뿐만이 아니다. 향기도 그렇고 멍을 제외한 예쁘고 매끈한 피부 등 정말 근사함이 가득했다.

아직 흥분감은 남아 있었지만, 만족과 함께 현실을 다시 자각하게 된 나는 아가츠마에게 옷을 다시 입히고 내 팔을 안아달라고 부탁했다.

"아~…… 이거 대박인데."

아이사카 때도 생각한 거지만, 나는 이러고 있는 것만으로도 행복하다.

이 감각과 편안함이 너무나도 감미롭다……. 마치 한번 경험하면 두 번 다시 손에서 놓을 수 없는 마약 같았다.

"마약은 가져본 적도 써본 적도 없지만 말이지."

"응?"

"아무것도 아니야……. 있지, 아가츠마."

"왜?"

"그거…… 노린 건 아니지?"

"??"

내가 말한 그것이란, 내 팔을 안고 있는 그 부분을 말했다.

팔에 가슴의 감촉을 느끼고 싶어서 팔을 안아달라고 한 것인데, 아가츠마는 가슴과 가슴 사이로 내 팔을 끼우듯이 끌어안고 있었다.

고개를 갸우뚱하고 있는 아가츠마의 모습을 보니 고의는 아니다……. 그렇다면 아가츠마는 자기도 모르는 야한 잠재력을 갖고 있다는 뜻이 아닐까?

"……역시 이런 아이일수록 야하구나. 난 틀리지 않았어."

아이사카에 이어 아가츠마라는 인재를 발견한 것에 나는 스스로를 칭찬해 주고 싶은 심정이었다.

그렇기 때문에, 사라져 버리고 싶다는 생각을 하면 곤란하다.

나는 아가츠마를 팔에서 떨어뜨린 뒤 그녀의 어깨에 손을 올리고 가까이 끌어당겼다.

"아……."

조금 놀란 기색을 보였지만, 역시 그녀는 도망치지 않았다.

빛이 없는 눈동자로 나를 올려다보는 그녀를 똑바로 응시하며, 생각하고 있던 것을 전했다.

"스스로 가치가 없는 것 같다느니 말했었지? 난 지금 이렇게 아가츠마랑 보내는 게 정말 좋고 정말 흥분돼. 저질스러운 소리라는 건 알지만, 그래도 말할게──. 내가 보기엔 아가츠마의 가치는 정말이지 넘칠 정도로 훌륭해."

단호한 표정으로 딱 잘라 말했다. 물론 냉정하게 봤을 때 이건, 단순히 내가 아가츠마를 마음에 들어 해서 하는 말일 뿐이었다.

그리고 아직 내 말은 멈추지 않았다.

"정말 쓰레기 같은 말이지만, 진짜로 그런 아가츠마가 좋아. 그런 굉장한 몸을 가지고 있는 데다 나를 이렇게 두근거리게 만들고 기쁘게 만들어줬잖아? 그러니까 사라지고 싶다는 생각 같은 건 하지 마──. 계속 가치가 없다는 생각이 든다면, 나를 위해서라도 살아줘."

"마사키를…… 위해서?"

"그래! 내가 널 필요로 해 줄 테니까!"

"내가…… 필요해……?"

들으면 들을수록 최악 아니냐, 나.

하지만 애석하게도 이것은 틀림없는 진심이었고, 허락

169

만 된다면 앞으로도 계속 이렇게 아가츠마를 내 마음대로 하고 싶고 당하고 싶다고, 나는!

"필요…… 내가…… 필요……."

아가츠마는 중얼중얼 아래를 보며 한참을 무어라 중얼 거렸다.

최면 상태라서 조금 무섭긴 했지만, 지금의 나는 상당한 흥분 상태인 데다 평소 이상으로 엄청나게 기운이 넘치는 상태니까 피차일반이다.

"이 최면이 풀렸을 때 아가츠마는 아무것도 기억하지 못 하겠지만, 그래도 말해 둘게. 엉뚱한 생각은 절대 하지 마. 내가 어디까지 할 수 있을지는 모르겠지만 어떻게든 해 볼 테니까."

뭐, 이것도 아이사카와 똑같다.

야한 짓을 하기 위해 손을 댄 결과 그 아이의 어둠을 알 았고, 그럼에도 여전히 이런 일을 하고 있으니 그 대가를 치르는 셈이다.

"내가 아가츠마를 도와줄게."

"앗……."

"그러니까 앞으로도 나를 치유해 줘."

반드시 해내겠다는 확답은 할 수 없지만, 그래도 이 문 제를 어떻게든 해결하고 후련해진다면 분명 아이사카에게 하는 것과 똑같이 마음대로 할 수 있을 테니까.

"그러니까 부디 돌이킬 수 없는 짓은 하지 마."

음…… 머리도 쓰다듬어 줄까?

어차피 최면 상태니까 상관없겠지 생각하면서 아가츠마의 머리를 쓰다듬었다.

"……부드럽네. 검은 머리가 예뻐."

여자들은 정말로 머리가 예쁘다.

아이사카의 밝은색 머리도 그렇지만, 아가츠마의 허리까지 기른 이 검은 머리는 부드러움으로 보아 손질에 상당히 공을 들인 듯했다.

"내 삐죽거리는 머리와는 전혀 달라…… 응?"

어깨를 안은 아가츠마는 계속 아래를 보고 있었다. 그제야 나는 그녀가 몸을 떨고 있다는 것을 깨달았다.

무슨 일인가 싶어 얼굴을 들여다보니…… 울고 있었다.

그렇게 싫었나 싶어 떨어지려 하는데, 아가츠마가 내 손에 자신의 손을 포개듯이 잡았다. 아마 싫은 것이 아니라 기쁜 것 같았다.

"울지 마. 나중에 왜 이렇게 눈이 빨갛지 하고 놀라도 난 모른다."

손수건을 꺼내 눈가를 닦아준 뒤에, 화들짝 놀라 스마트폰을 바라보았다.

"이런, 이제 5퍼센트밖에 안 남았어!"

위험했다, 위험했어……. 이대로 모르고 있었다면 정말 곤란해질 뻔했다.

아가츠마에게서 떨어져서 짐을 손에 든 순간, 아가츠마

가 불쑥 중얼거렸다.

"……가는 거야?"

무표정이지만 쓸쓸하게 중얼거리는 그 말에 나는 우뚝 걸음을 멈췄다.

이런 말을 들으면 기꺼이 돌아가지 않겠다고 대답해 주고 싶지만, 남아 있으면 내 인생이 끝나기 때문에 불가능하다.

"아가츠마는 나중에 또 마음대로 조종해 줄 테니까 안심해. 그리고 다시 한번 말하지만 앞서가면 안 된다? 내가 무조건 어떻게든 해 줄 테니까. 그러니까 안심해, 아가츠마."

"……응."

정말이지, 대체 무슨 염치로 이런 소릴 하고 있는 걸까.

조금만 멀어진 것뿐인데 손을 뻗어오려고 하는 아가츠마가 너무나도 귀여웠지만, 동시에 왜 이렇게 우호적인지는 알 수 없었다. 뭐, 나한테는 오히려 플러스 요인이니 좋은 일이다.

집을 나와 조금 걸어간 뒤, 최면을 풀고 한숨을 내쉬었다.

"아가츠마의 몸…… 굉장했지. 아이사카와 동시에 조종할 수 없으려나."

역시 이건 진지하게 고민해 볼 문제다, 반드시.

파트너의 힘은 3명까지를 대상으로 발동할 수 있었다……. 아이사카와 아가츠마 2명에게 최면을 걸어 하렘을 구축한 왕처럼 양 사이드에 두고 안게 만든다든가……

크으, 망상이 멈추질 않는구나!

"……뭐 하는 거지?"

"글쎄…… 그냥 빨리 가자."

큭큭큭, 하며 웃음을 터뜨리고 있는데, 지나가던 중학생 여자애들이 내 모습을 딱 목격하고 말았다.

위험인물을 보는 듯한 시선에 단번에 부끄러워진 나는 집으로 가는 길을 서둘렀다.

목욕과 저녁 식사까지 마친 후, 나는 내 방 침대에 누워서 스마트폰에 저장한 사진을 보고 있었다.

그 사진에는 아가츠마와 그녀의 부모님이 찍혀 있었다.

아가츠마에게 부탁해서 거기 있던 사진을 그대로 찍은 것인데, 얼굴을 아는 것과 모르는 것은 큰 차이가 있기 때문이었다.

"폭력…… 학대라. 뉴스에서 끊이질 않는 화제이긴 하지만, 정말 심각한 사회 문제네."

갓 태어난 아기에게 폭력을 행사해 죽게 만들었다는 뉴스도 본 적이 있었다.

그런 환경과는 인연이 없는 나에게는 먼 세계의 이야기였지만, 실제로 가까운 장소에서 아가츠마가 그 피해를 당하고 있다는 것만은 확실했다.

"……최면 상태였긴 해도 아가츠마의 눈물도 보고 말았어."

아이사카 때도 그랬다. 내가 아이사카나 아가츠마에게 접근한 이유는 야한 짓을 내 마음대로 하고 싶었기 때문이다.

가슴을 만져보고 싶고, 옷 위에서가 아니라 맨살 상태에서 얼굴을 파묻고 싶었을 뿐.

좀 더 과격한 일도 하고 싶었고, 어떤 명령이라도 다 듣는다면 말로 다 할 수 없는 일까지 하고 싶었다……. 결국 그런 일은 하지 못했지만, 아무튼 지금까지 봐 왔던 만화에서 나왔던 일들을 하고 싶었을 뿐이다.

"어떻게든 해결해 주고 싶네."

멋대로 집에 처들어간 데다, 본인들이 원하지 않는 일을 나는 내 욕망대로 벌이고 있다……. 나는 악당이다.

원래라면 그 녀석들이 어떻게 되든 상관도 없어야 하는데.

순수하게 그 몸만 즐길 수 있으면 된다고, 딱 잘라낼 수 있다면 얼마나 편할까──. 하지만 나는 그 정도 악당이 되지는 못한 모양이다.

뭐, 좋아. 일단 현황을 정리하자.

"아가츠마의 조부모님이 그녀를 소중히 아끼고 있다면 반드시 힘이 되어 주실 거야……. 만약 그렇지 않다면 힘을 또 쓸 수밖에 없겠지만, 그래도 조부모님 시점이면 손녀가 귀엽지 않을까."

실제로 우리도 그랬다. 병으로 돌아가셨지만 나와 누나

를 굉장히 귀여워해 주셨고, 생일 때는 일부러 찾아와 주셨을 정도였으니까.

"……아니, 내가 감성적으로 변해서 어쩌자는 거야."

어쨌든!

아가츠마의 조부모님과 어떻게든 다리를 연결해 두고…… 오늘은 그렇다 치고 내일부터 아가츠마를 그 공간에서 피난시키는 것이 급선무였다.

그러기 위한 흐름도 머리를 쥐어짜 제대로 생각해 놨으니 분명 괜찮을 것이다……. 불안해하지 말자, 괜찮다고 스스로를 세뇌하는 거다……. 게다가 나에게는 파트너의 존재도 있다.

"할 수 있을 거야, 분명히."

우선은 내일, 작전의 1단계를 준비한다. 그리고 모레가 마침 토요일이니까 거기에 모든 것을 걸자.

화장실에 들렀다가 후련한 기분으로 나온 뒤 시원한 차라도 한잔할까 싶어 거실로 내려가자, 아빠가 텔레비전을 보고 계셨다.

나는 컵에 차를 따르고 아빠 곁에 섰다.

"카이냐? 무슨 일이야?"

"……아니."

왜 아빠 곁에 온 걸까.

지그시 아빠를 바라보며 아가츠마가 이야기해 준 그녀의 부모님을 생각하니 절로 말이 흘러나왔다.

"아빠는 말이야."

"어어."

"자기 자식에게 폭력을 행사하는 부모에 대해 어떻게 생각해?"

"갑자기 무슨 말이야? 글쎄…… 뭔가 이유가 있을 거라고는 생각하지만, 적어도 아빠 입장에선 최악이라고 생각한다. 부모로서 가장 보호해야 할 존재를 해친다니, 나로서는 도저히 상상할 수 없구나."

갑작스런 질문에 눈을 동그랗게 뜨면서도 아빠는 그렇게 대답해 주셨다.

생각했던 대로의 말에 가볍게 피식 미소를 지으며, 아빠에게 좋아한다는 말을 전하고 거실을 뒤로했다.

참고로 그 도중에 목욕이 끝난 엄마와도 마주쳐 아빠에게 한 질문을 똑같이 했고, 똑같은 대답을 들었다. 엄마에게도 좋아한다는 말을 전했다.

"어머, 카이도 참. 무슨 일이야아~ ♪"

"으뷥?!"

"뭐 하는 거야?"

"카이가 있지, 엄마가 정말 좋다고 말해 줬어 ♪"

"흐음…… 나한테는 뭐 할 말 없어?"

"……누나도 엄청 좋아해."

"훌륭해."

……빨리 나를 방에 보내줘어어어어어어!!

내가 일으킨 사태지만 민망해져서, 나는 큰 소리도 개의치 않고 방까지 뛰어 올라갔다.

"……아~ 얼굴이 뜨거워."

뭐, 그래도…… 그 온기를 느낀 덕분에 오늘은 더 기분 좋게 잘 수 있을 것 같았다.

아직 잠은 오지 않았지만 내일을 대비하기 위해 침대에 들어가 빨리 자려고 눈을 감았는데…… 잠이 안 와!

"……아이사카와 아가츠마 생각이 머릿속에서 떠나질 않아."

그랬다, 두 사람이 떠올라버려 흥분으로 잠이 오질 않았다.

계속 기억에 남아 있는 아이사카와의 시간, 그리고 오늘 보낸 아가츠마와의 시간이 연달아 뇌리에 되살아났고, 그 향기와 감촉마저도 선명하게 되살아나 흥분이 나를 덮쳤다.

"아아, 정말! 발정난 원숭이도 아니고!"

결국 내가 완전히 잠에 든 것은 그로부터 한 시간쯤 지난 뒤였다.

▶▷

다음 날 나는 평소보다 일찍 등교했다.

아가츠마가 일찍 학교에 오는 타입이라는 것도 미리 파

악해 둔 상태였기 때문에, 괜찮다는 것을 알고 있음에도 빨리 와서 아가츠마의 모습을 확인하고 싶었다.

"어라, 마사키?"

"……아, 아이사카."

"좋은 아침이야."

"좋은 아침."

복도 벽에 등을 기대고 있던 나에게 아이사카가 다가왔다.

오늘은 아이사카도 빠르네……. 그녀는 내가 여기에 이러고 있는 것이 궁금했는지 교실에 짐을 두고 바로 돌아왔다.

"뭐 하고 있어?"

"아니…… 그냥 좀."

"좀?"

"응, 좀."

아, 하지만 마침 딱 좋을지도 모르겠다.

아가츠마 일에 관해 내가 오늘 하고 싶었던 것 중 하나, 그것은 아이사카에게 협력을 요청하는 것이었다.

"아이사카, 실은 부탁하고 싶은 일이 있어."

"뭔데? 뭐든지 말해 봐."

……역시 이 아이, 정말로 상냥하다.

주변에 다른 사람도 없어서 비밀 이야기를 하기에도 딱이었는데, 그대로 이야기할까 하는 타이밍에 아가츠마가 모습을 드러냈다.

여전히 아래를 향한 채 어두운 분위기를 풍기고 있지만,

변함없이 등교했다는 사실에 우선 안심했다.

"아가츠마……가 무슨 일이라도 있어?"

"사실 아가츠마에 대한 건데…… 지금부터 하는 얘기는 가능하면 아무에게도 말하지 말아줘."

"알았어. 약속은 지켜, 아무한테도 말 안 해."

그렇게 말하며 아이사카는 얼굴을 들이밀었다.

조금만 더 몸을 움직이면 얼굴과 얼굴이 부딪쳐도 이상하지 않을 정도의 거리에 움찔했지만 이내 본론을 입에 올렸다.

"아가츠마…… 아무래도 아빠에게 폭력을 당하고 있는 것 같아."

"……진짜로?"

"응."

내가 어떻게 그걸 아는지를 물으면 대답하려고 생각해 둔 말이 있었지만 아이사카는 그것을 묻지 않았다. 그녀의 눈동자에는 아가츠마에 대한 걱정이 떠올라 있었다.

역시 아이사카에게 의지한 것은 정답인 것 같았다.

"일단은 그 환경에서 아가츠마를 빼내주고 싶어. 그러니까 아이사카만 괜찮다면 오늘 하루만이라도 아가츠마를 집에 머물게 해 줄 수 없을까?"

"완전 괜찮아."

"……부탁한 내가 말하는 것도 좀 그렇지만, 즉답해도 괜찮은 거야?"

역시 너무 빠른 대답에 놀랐다……. 환하게 웃은 아이사카는 당연히 괜찮다며 고개를 끄덕였다.

"물론 놀랐지. 근데 마사키가 너무 진지하니까 거짓말은 아니라고 생각했어. 그럼 내가 마사키를 믿는 건 친구로서 당연해."

"……고마워. 하지만 아이사카는 아가츠마랑 친구가 아니잖아?"

"그렇지. 이름밖에 모르지만…… 그래도 알아버린 이상은 도와주고 싶어. 게다가 지금까지 아무런 관계도 없었던 사람과 친구가 되는 것도 기쁜 일이니까♪"

"그렇구나. 정말 고맙다는 말밖에 못 하겠네."

"아하핫♪ 맡겨줘!"

감동적일 정도로 아이사카가 다정하다.

내가 아가츠마 일에 대해서 어떻게 알고 있는지, 그녀로서도 물어보고 싶은 것은 많을 텐데 묻지 않았다.

내가 그 의문을 입에 담자 그녀는 믿기 때문이라고 말했다.

"너…… 쉽게 속을 타입이야."

"무슨 소리야. 나는 직감을 따르는 것뿐이야. 게다가 마사키의 목소리는 거짓말을 하지 않으니까."

뭐야? 내 목소리가 왜……. 그래도 신뢰해 주는 것은 무척 기쁜 일이다.

"일단 나한테 들었다는 사실은 말하지 말고, 학대받고

있냐고 직접 묻지도 말아줘."

"알았어."

"그래도 아가츠마와 지내면서 알게 된 사실이 있으면 알려주고."

"오케이~."

좋아, 이것으로 아가츠마를 임시로 대피시킬 장소는 확보했다.

그러나 문제는 어떻게 아가츠마가 아이사카의 집에 머물도록 유도하는가……. 그것을 팔짱을 끼고 고민하고 있는데, 가벼운 콧바람과 함께 가슴을 친 아이사카가 이렇게 말했다.

"내 소통 실력을 얕보지 마. 거짓말은 좀 섞겠지만, 아가츠마를 반드시 불러낼 테니까 안심해."

"……알았어. 잘 좀 부탁할게."

이제 남은 건 내가 움직이는 것뿐이다.

나 역시 경찰이라든가 아동상담소 등 여러 가지로 고민은 해 봤지만, 그곳에 맡겼다가 아무것도 해결되지 않고 반대로 악화된다는 결말은 가장 용납할 수 없었다. 신용하지 않는 것은 아니지만 전적으로 의지하기에는 좀 불안했다.

"후훗, 누군가를 도와주려는 마사키는 멋있네."

"……한 번 더 말해 줄래?"

"멋있어. 마사키."

아, 벌써 성공한 기분이다.

미소녀에게 멋있다는 말을 듣고 힘내지 않을 수 있는 남자가 어디에 있을까.

어쨌든, 이것으로 오늘의 준비는 완벽하다.

시간은 무서울 정도로 빠르게 흘러 금세 방과 후가 되었고, 서둘러 짐을 싸고 있는데 이런 대화가 들려왔다.

"마츠리~? 오늘은 어떻게 할 거야?"

"미안~ 오늘은 중요한 일이 있어! 다음에 또 불러줘!"

"그래? 알았어."

"고마워!"

아가츠마가 일찍 나간다는 것을 알려준 탓인지 아이사카도 그런 대화를 주고받은 후 곧바로 교실을 나갔다.

아이사카는 나가면서 마치 자신에게 맡기라는 듯이 윙크를 보냈다.

"……맡길게."

그리고 나도 결전의 땅인 아가츠마의 집으로 향했다.

아가츠마의 집에 도착한 뒤에도 한참을 기다렸지만 아가츠마는 돌아오지 않았다. 분명 아이사카가 제대로 데려가 준 거겠지.

마음속으로 아이사카에게 감사 인사를 건넨 순간, 기다렸던 인물이 비로소 모습을 드러냈다.

"누구냐, 넌? 왜 남의 집 앞에 있지?"

정장을 입은 남자── 아가츠마의 아빠였다.

남자는 나를 수상한 인간 보듯 쳐다보았다. 내가 그의

입장이라도 분명 똑같은 눈을 했을 것이다.

이미 바깥이 어두운 시간이니까. 그보다 좀 들어줬으면 좋겠다.

사실 말이지, 학교가 끝나자마자 이곳에 오고 나서 이미 시간이 꽤 지났다고.

저녁치고는 늦은 시간이었기에 주위는 이미 어둡다……. 이럴 줄 알았으면 돌아올 땐 몇 시쯤 돌아오냐고 아가츠마에게 미리 물어볼 걸 그랬다.

"안녕하세요. 이름을 댈 만한 사람은 아니지만……. 당신 따님과 같은 학교의 사람입니다."

"……그것참 갑작스럽구나."

약간의 공백은 있었지만 표정에 변화는 없었다.

아까도 말했지만 주변이 어두웠고, 겉모습만 보면 당장 때릴 것 같은 분위기가 감돌고 있어 조금 무서웠다.

"갑작스럽게 찾아와 죄송합니다. 단도직입적으로 묻겠습니다──. 따님께 폭력을 행사하고 계시죠?"

일단 가볍게 잽부터 날렸다.

눈썹이 꿈틀 움직였지만 그뿐이었고, 남성은 부정하듯 미소를 섞어가며 대답했다.

"내 딸에게 어떻게 폭력을 휘두를 수 있다는 거지? 그런 건 부모로서 실격 아닌가……. 설마 그 아이가 그런 엉터리 같은 말을 했나?"

후반에는 말에 약간 힘이 실려 있었고 초조함도 엿보였다.

'아니 무서운데. 그래도, 역시 파트너의 존재가 막강하네.'

이런 어른 같은 건 상대하고 싶지 않다⋯⋯. 내가 이렇게 당당하게 서 있을 수 있는 이유는 파트너 덕분이라고 해도 과언이 아니었다.

충전 상태도 완벽하고, 여차할 땐 부탁할게, 파트너!

"네, 그 애에게 직접 들었어요. 몸에 멍도 있었고, 꽤 오랜 시간 그 애를 학대하셨던 것 같던데요? 부모로서 그게 맞나요?"

약간 도발적으로 말하자 드디어 남성은 본성에 가까운 난폭한 성격을 드러냈다.

"닥쳐, 건방진 애송이가."

"이런."

뻗어나온 손을 침착한 동작으로 피했다.

조금 전까지 짓고 있던 표정은 온데간데없이 사라지고, 남성은 과하다 싶을 정도로 나를 노려보았다.

"남 일에 참견 말라고. 내가 내 딸한테 무슨 짓을 하든 내 마음이지."

"⋯⋯."

지금의 난 대체 어떤 표정을 짓고 있을까.

뭐랄까⋯⋯. 우리 부모님과 비슷한 세대 정도로 보이는 어른이 이런 말을 입에 올린다는 사실은, 나에게 뭐라 형용할 수 없는 기분을 안겨주었다.

아무런 힘도 없던 예전의 나보다도 심약한 데다 여자인

아가츠마가 홀로 계속 이 두려움을 견디고 있었다고 생각하면, 정말로 가여웠다.

"······후우."

나는 정의의 편이 될 생각도 없고, 파트너의 힘이 없으면 이 자리에 서 있을 일도 없었을 것이다.

겁쟁이에 비겁한 놈이고 여자아이에게 최면을 걸어 내 마음대로 휘두르는 악당이 나다. 하지만 그런 나라도 누군가를 도울 수 있다면 그것도 나쁘지 않았다.

"뭐, 이래저래 얘기하긴 했지만 빠르게 끝내버릴까."

"무슨──."

"최면!"

절묘하게 폼 안 나는 포즈를 취하며 최면을 걸었다.

금방이라도 달려들 것 같던 모습과 분위기는 사라지고, 남자는 완전히 내 마음대로 조종할 수 있는 인형이 되었다.

나는 스마트폰을 조작해 녹화를 시작했다.

"당신이 딸에게 난폭한 짓을 하고 있다는 사실은 틀림없습니까?"

"그래."

"왜 그런 짓을 한 거죠?"

"방해가 됐으니까. 고등학생이 되면서 점점 돈도 많이 들고, 이게 방해가 아니면 대체 뭐란 거지?"

"······."

어쩌면 숨겨진 사연이라도 있지 않을까 생각했는데, 그저 본인 사정으로 딸에게 해를 입히고 있었다는 사실에 나도 모르게 한숨이 새어나왔다.

"부모로서의 책임도 있을 테니까 그 부분에 대해선 전 아직 몰라요. 하지만 그게 딸에게 폭력을 행사해도 되는 이유는 아니죠. 그 애는 당신의 폭력을 견디고 견디다가…… 한계에 내몰렸다고요. 본인의 가치조차 모르고 있었어요."

"그딴 게 가치가 있을 리가 없잖아……. 아아, 아니, 몸매 하나는 괜찮으니까 덮쳐서 여자로서의 가치를 알게 해주는 것도 좋겠지."

……파트너의 힘으로 최면에 걸린 상대는 거짓말을 할 수 없다.

즉 이것은 이 사람이 생각하는 진실이며 틀림없는 진심이다……. 이 말만 듣고는 실제로 그렇게 할지까지는 단정할 수 없었지만, 적어도 부모가 딸에 대해 농담으로 해도 될 말은 아니었다.

"당신을 보면서 절실히 느꼈습니다. 제가 축복받은 가족을 갖고 있다는 걸요."

"무슨 소릴 하는 거야. 어느 부모든 돈 나가는 애를 성가시게 생각하지 않는 사람은 없다고."

"하, 당신은 그렇겠지만 적어도 우리 집은 아니거든요."

그보다, 비교하는 것조차 바보 같았다.

그 정도로 우리 아빠랑 엄마는 최고의 부모님이었고, 왜 자신은 좋아한다는 말을 안 해 주냐며 토라진 누나도 최고의 가족이라고, 이 멍청아.

"당신 부인도 똑같습니까?"

"알 바 아냐, 벌써 몇 년 전부터 얘기 안 하고 있으니까."

그렇군, 그렇다면 가정의 유대는 완전히 무너졌다고 봐도 좋은 것일까.

이렇게 된 이상 아가츠마는 어떤 기적이 일어난다고 해도 이 부모님 곁에서는 절대 행복할 수 없을 것이고 구원받을 수 없을 것이다. 그녀의 마음이 위로받는 일도 없겠지.

정말로 내가 아가츠마를 점찍지 않았고, 그래서 이 사실을 영원히 몰랐다면…… 그 누구도 아가츠마에게 손을 내밀지 않았다면 어떻게 되었을까. 그것을 상상하는 것조차 두려웠다.

"……이제부턴 적당히 질문할 테니까 대답해 주세요."

그 후 모든 것을 끝낸 나는 그 자리를 떠나고 최면을 해제했다.

집에 아가츠마가 없다는 것을 알고 전화를 할 가능성은 있겠지만, 거기는 이미 아이사카에게 맡긴 상태다.

그렇게 자신 있게 믿어달라고 말했으니 분명 괜찮을 것이다.

"하지만 이럴 때 아가츠마의 상태를 물어보려면 연락처

가 필요하긴 하겠네. 친해졌다고는 하지만 역시 지나친 바람일까?"

여자애의 연락처…… 갖고 싶다.

"좋아, 나도 돌아가자."

오늘 할 수 있는 것은 다 했으니까 나머지는 내일, 아가츠마의 조부모님께 이걸 들고 만나러 가는 거다.

▶▷

카이가 일을 끝낸 그날 밤, 마츠리는 자신의 방에서 딱딱한 표정을 짓고 있는 사이카와 마주하고 있었다.

"저기…… 오늘 고마웠어, 아이사카."

"진짜 괜찮다니까. 나야말로 갑자기 불러내서 미안해."

"아니, 엄청 기뻤어. 난 지금까지 이렇게 누군가의 집에 온 적이 없었거든."

사이카의 말에 마츠리는 고개를 끄덕였다.

아래를 향한 채 고개 숙인 사이카의 곁으로 다가가 그녀의 머리를 쓰다듬으며, 사이카를 초대했을 때의 일을 되돌아보았다.

『아가츠마, 지금부터 우리 집에 오지 않을래?』

너무나도 직설적이고 느닷없는 말에 사이카는 당연하게도 눈이 휘둥그레졌다.

카이에게 말했듯이 마츠리는 타고난 밝은 성격과 소통

능력을 발휘해 사이카와 대화를 진행해 나가며 그녀를 이렇게 데려왔다. 그때 마츠리는 사이카에게서 집에 가고 싶지 않다는 의지를 느꼈다.

'마사키도 참 곤란한 부탁을 한다니까. 자신 있게 말했지만 실은 꽤 불안했단 말야.'

지금까지 아무런 교류가 없었던 상대를 부른다는 것은 흔치 않은 일이었지만, 사이카의 처지가 무척 특수했던 것이 그나마 다행이었다.

"아가츠마…… 사이카라고 불러도 돼?"

"으, 응…… 그건 상관없어."

"고마워. 그 대신 나도 이름으로 불러줘."

아이사카 마츠리, 또 다른 이름으로 친구들에게 소통 능력 몬스터라고 불리는 그녀는 그 분위기와 화술로 쉽게 동성의 마음에 파고들었다.

아는 사람도 뭣도 아닌 상대를 집에 머물게 하는 건 이례적인 일이었지만, 여기에는 사정이 있었다. 최근 알게 모르게 그녀가 신경 쓰고 있는 카이의 부탁이라는 이유도 컸다.

"마츠리……?"

"응♪ 잘 부탁해, 사이카!"

"아…… 잘 부탁해……."

서로 이름으로 부르게 되며 마츠리와 사이카의 거리는 단번에 좁혀졌다.

마츠리의 미소가 사이카의 마음의 벽을 부순 것인지, 조금 전까지 있었던 딱딱한 표정도 이미 자취를 감췄다. 사이카도 이 장소에 익숙해진 모습이었다.

'사이카…… 어깨에 힘이 좀 빠졌을까?'

그랬으면 좋겠다. 그렇게 생각하며, 마츠리는 사이카에게 이런저런 이야기를 던져나갔다.

그렇게 단 몇 시간의 대화로 완전히 친해진 그때, 사이카는 아래로 고개를 숙인 채 자신이 안고 있던 고통을 토로했다.

"마츠리…… 나…… 그 집에 돌아가고 싶지 않아."

그 말을 들은 순간, 마츠리는 사이카의 등 뒤로 천천히 팔을 두르고 끌어안았다.

"자세히는 묻지 않을게. 하지만 괜찮아……. 여기에는 사이카를 다치게 할 사람은 없으니까."

"응…… 응……!"

마츠리는 사이카가 폭력을 당하고 있다는 사실을 카이에게 전해 들었다.

그러나 자신이 전했다는 것을 알리지 말아 달라는 카이의 부탁도 있었고, 굳이 마츠리 쪽에서 사이카의 고통을 억지로 끌어낼 필요는 없다고 생각했다.

'그래도 뭔가 해 주고 싶긴 한데…….'

마츠리는 사이카의 마음을 위로해 주고 싶었다.

이렇게 몸을 떨며 집에 가기 싫어하는 그녀가, 조금이라도 마음을 놓을 수 있기를 바랐다.

"마츠리는…… 따뜻하네."

"그런가? 사이카도 엄청 따뜻한데? 게다가 굉장히 좋은 냄새가 나."

"어, 냄새……?"

"아하하."

괴로움이 사라지고 놀라움과 부끄러움이 합쳐진 듯한 사이카의 표정에 마츠리는 웃었다.

이제 꽤 마음을 연 것 같지만, 그럼에도 아직 사이카의 속마음을 끌어내기에는 너무 이르다……. 마츠리는 그렇게 생각했는데.

"마츠리…… 나에 대해, 이야기해도 될까?"

그렇게 불쑥, 사이카가 중얼거렸다.

그녀의 눈동자는 똑바로 마츠리를 바라보고 있었고, 그곳에는 불안과 구원을 청하는 듯한 빛이 감돌고 있었다.

"좋아, 얘기해 줄래?"

마츠리는 상냥하게 그렇게 말하고는, 사이카가 좀 더 진정될 수 있도록 더 세게 끌어안았다.

그리고 사이카는 이야기를 들려주었다——. 자신에게 일어나고 있던 일을, 이미 끝나 버린 부모와의 관계를.

"……갑자기 미안해. 이런 이야기를 해 버려서."

"아니, 그렇지 않아. 고마워 이야기해 줘서…… 고생 많았네, 사이카."

"윽······."

마츠리의 말에 사이카는 굵은 눈물을 흘렸다.

"나······ 아무 말도 못하고, 계속 참고 있었어······. 나를 아껴주시는 할아버지와 할머니에게도 말하지 못했어."

"응."

"걱정을 끼치고 싶지 않았어······. 폐를 끼치고 싶지 않았어······. 그렇지만 계속 도와주길 바랐어······ 누구라도 좋으니까 도와달라고······."

도움을 청하는 그 모습은 마치 어린아이 같았다. 마츠리는 이 정도는 괜찮겠지 싶어 조심스럽게 속삭였다.

"괜찮아, 사이카. 사이카를 돕기 위해 움직여 주고 있는 사람이 있으니까."

"어······?"

놀라는 사이카의 반응도 당연했다.

마츠리도 카이가 어떻게 움직이고 어떤 방식으로 사이카를 도와줄지는 모른다······. 하지만 마츠리는 알 수 있었다──. 그는 거짓말을 하지 않는다는 것을. 그가 반드시 고통받고 있는 이 여자아이를 구해 줄 것이라는 사실을 알고 있었다.

"그러니까 괜찮아······ 괜찮아."

그 부드러운 목소리에 사이카는 조금씩 몸을 떠는가 싶더니 마츠리의 가슴팍에 얼굴을 묻고 눈물을 흘렸다.

마츠리는 잠옷이 젖는 것도 개의치 않고, 사이카가 진정

될 때까지 계속 끌어안아 주었다.

"고, 고마워, 마츠리."

"아니, 괜찮아."

우리는 둘 다 미소를 지었고, 그때부터 사이카의 말수도 조금씩 늘어갔다.

완전히 친구라고 해도 무방할 정도의 분위기를 풍기는 두 사람 사이에서는 곧 이런 이야기도 나오기 시작했다.

"마츠리…… 좀 신기한 이야기를 해도 될까?"

"좋아."

"나는 말이지…… 계속 내가 대체 뭘까 생각했어. 나 같은 인간의 가치나, 사는 이유는 뭘까, 하고 말야."

"응."

"하지만…… 그런 나를 격려하고 필요로 해 주는 사람의 꿈을 꿨어."

"아……."

꿈, 그것은 마츠리에게도 친숙한 말이었다.

꿈속에서 누군가가 상냥한 말을 줄 뿐만 아니라, 자신을 진심을 다해 구해 준다. 일체의 벽이 없는 순수한 마음으로 대해 주는 누군가가 나오는, 그 꿈을 잊을 수는 없다.

"그거, 실은 나도 마찬가지야."

"그래……?"

이런 우연…… 정말로 우연일까.

마츠리는 그렇게 생각하면서도 이야기의 보답이라는 듯

자신이 꾼 꿈을 사이카에게 들려주었다.

서로 비슷한 꿈을 꿨다는 공통된 화제는 마츠리에게 한층 더 사이카를 향한 친근감을 갖게 만들었다. 화기애애한 두 사람의 모습에는 조금 전까지 여전히 남아 있던 딱딱하고 어두운 분위기는 완전히 사라져 있었다.

"완전히 친해졌네, 우리들."

"응…… 사실, 이제 졸업할 때까지 사이 좋은 친구는 한 명도 생기지 않을 거라고 생각했어."

"그건 좀 과장 아닐까?"

"과장 같은 게 아니야. 왜냐하면 나…… 이러니까."

사이카와 대화를 나누면서 알게 된 것 중 하나, 그것은 한없이 자존감이 낮다는 것이었다.

"나는…… 어둡고 못생겼으니까."

어둡고 못생겨……?

그 말은 농담 같은 건가? 마츠리는 진심으로 그렇게 생각하며 고개를 갸우뚱했다.

긴 앞머리를 올리며 드러난 얼굴 생김새는 단정했고, 파자마에 감싸여 있는 몸매도 무척 뛰어났다.

대부분의 여자아이들이 원해 마지않는 물건을 갖고 있는 사이카에게 지금 가장 필요한 것은, 자신감을 붙여주는 것이라고 마츠리는 생각했다.

"사이카는 못생기지 않았어. 엄청 귀여워."

"그래……?"

"그래. 그리고 이렇게 몸매도 좋고!"

"몸매는…… 후훗."

"어, 거기서 웃는 거야?"

"응…… 꿈속의 그 사람도 같은 말을 했거든."

"허어, 그거 정말 비슷하네."

비슷하다……. 정말 그렇다며 마츠리는 웃었다.

왜 이 이야기를 들었을 때 그의 모습이…… 카이가 떠올랐는지는 모르겠지만, 마츠리는 직감적으로 무언가 연결고리가 있을 것이라고 생각했다.

'신기하네……. 하지만 우리도 그래서 더 빨리 친해질 수 있었던 걸지도 몰라.'

비록 어떤 형태라고 해도 마츠리에게 사이카라는 새로운 친구가 생긴 것은 기뻐할 일이었다.

왠지 앞으로 긴 인연이 될 것 같았다.

그렇게 되면 필연적으로 카이도 곁에 있을지도 모른다……. 그것을 상상하는 것만으로 마츠리의 가슴은 두근거렸다.

"……마츠리."

"왜?"

"나…… 지금 굉장히 마음이 따뜻해."

"그렇구나. 그럼 더 따뜻하게 해 줄게."

꼬옥, 마츠리는 사이카를 강하게 끌어안았다.

이렇게까지 친해졌으니 자기 일도 가볍게 말해 볼까. 마츠리는 자신이 겪었던 아픔을 이야기하기로 했다.

"있지, 사실은 말이야——."

이렇게 한 번의 밤이 지나갔다.

아가츠마의 아빠와 조우한 그다음 날, 나는 최면 상태인 그녀를 통해 알아낸 주소로 가고 있었다.

행선지는 아가츠마의 조부모님 집이었다. 목적은 물론 아가츠마에 대한 사실을 전하고 그녀를 구할 마지막 퍼즐 조각을 맞추기 위해서였다.

"……"

그렇다고는 해도…… 어떻게 해야 하나 잠깐 고민한 것도 사실이었다.

아가츠마는 조부모님을 걱정시키고 싶지 않다는 이유로 줄곧 이 일을 덮어두고 있었다……. 그래서 그녀를 돕기 위해서라고는 해도 고민이 되었다.

그렇다면 나는 왜 지금 조부모님이 있는 곳에 가고 있는 가── 뭐, 내 일방적인 속단 때문이었다.

『걱정을 끼치고 싶지 않았어……. 폐를 끼치고 싶지 않았어……. 그렇지만 계속 도와주길 바랐어…… 누구라도 좋으니까 도와달라고……』

어젯밤 스마트폰을 바라보며 오늘 일을 생각하고 있을 때, 아가츠마의 그런 목소리가 들린 기분이 든 것이다.

"……목소리가 들리다니 말도 안 되지만 말이야."

그래…… 내가 지금 하고 있는 행동은 그녀의 마음을 무시한 자기만족──. 하지만 애초에 내 마음대로 해 버리는 게 내 신조였으니 고민할 필요 없지 않을까?

잠시 생각한 후, 나는 각오를 마치고 걷기 시작했다.

"여긴가."

목적지에 도착한 나는 주위를 둘러보았다.

그러자 마침 강아지 산책을 시키고 있던 할머니가 나를 발견했다.

"어머, 우리 집에 볼일이라도 있니?"

"……저기, 네…… 안녕하세요."

"반갑구나. 미안하지만 나도 이제 나이가 들어서…… 얼굴이 기억나질 않는데, 누구니?"

역시…… 조금 긴장된다.

그렇다고는 해도 집에 무슨 용무가 있는지 물어본 것을 보면, 일단 이 사람이 내가 찾던 사람 중 한 명인 것은 확실해 보였다.

"갑자기 죄송합니다. 저는 아가츠마 사이카와 같은 학교에 다니고 있는 사람입니다."

"어머, 사이카랑 같은 학교 아이구나."

빙고, 역시 이 사람이 아가츠마의 할머니인 모양이다.

태도가 부드럽고 분위기에서도 상냥함이 엿보였기에, 아가츠마가 말하는 그대로의 사람 같았다.

이 사람이라면 안심할 수 있을 것 같아 바로 아가츠마의 일을 이야기하려고 하는데, 이번에는 또 다른 목소리가 들려왔다.

"이봐, 누가 왔나?"

집에서 나온 이 사람은 할아버지겠지.

마치 짜맞춘 것처럼 조부모님이 다 모이니 조금 주춤했지만, 여기까지 온 이상 남은 것은 목적을 달성하는 것뿐이다.

"오늘은 아가츠마의 할아버님, 그리고 할머님께 볼일이 있어서 왔습니다."

"사이카에 관해?"

나는 고개를 끄덕이고 말을 이었다.

"손녀분이 학대를 받고 있다는 사실을 전하러 왔습니다."

"……뭐라고?"

"뭐……?"

녹화해 둔 영상과 함께 아가츠마의 현황을 설명했다.

아무리 녹화라는 확고한 증거가 있다고는 하지만 그래도 의심을 받을까봐……. 두 사람 다 믿을 수 없다는 듯한 눈빛을 하고 있었지만, 몰래 녹음해 두었던 아가츠마의 목소리도 함께 들려준 것이 결정타였다.

두 사람 모두 아가츠마를 돕기 위해 움직여주기로 약속해 주셨지만, 동시에 지금까지 깨닫지 못한 것을 뉘우치며 눈물을 흘리셨다.

"아가츠마는 지금 저희 반 친구 집에 묵고 있으니까 우선은 안심하세요. 그리고 이 녹화 데이터도 전해 드릴 테니

자유롭게 사용해 주세요──. 부디, 아가츠마를 그 집에서 구해 주세요.”

나는 그렇게 말을 맺고…… 혹시 몰라 파트너를 사용해서 조부모님의 본심을 파악했다.

확실히 두 사람 모두 아가츠마뿐만 아니라 그들의 아들인 아빠나 그 아내도 소중히 아끼고 있었던 모양이지만, 그 이상으로 손녀인 아가츠마를 걱정하고 계셨다……. 즉, 이 조부모님은 아가츠마를 위해서 틀림없이 움직여 준다는 것이 증명된 셈이었다.

그 후 나는 그 자리를 떠나 근처 자판기에서 주스를 샀다.

“대화가 통하는 노부부라 살았어.”

정말 말 그대로의 심정이었다.

아가츠마에게 여러 이야기를 전해 듣고, 아이사카에게도 협조를 받고, 준비하느라 바빴지만 이걸로 끝이다. 조금 맥이 빠지는 기분이 들었다.

그래도 이상하게 엇나가지 않고 최단 경로로 내가 실현하고 싶었던 미래로 갈 수 있었으니 다행이다. 물론 이것으로 모든 게 마무리되지는 않겠지만, 그때는 그때 가서, 그 아빠에게 무시무시할 정도의 벌을 내리면 그만이다.

“……하아, 어쩌다 이렇게 된 거지?”

사 온 탄산 주스를 원샷해 속이 쓰라린 해프닝은 좀 있었지만, 나는 스마트폰을 조작해 파트너를 실행시켰다.

“나는 그냥 야한 짓을 하고 싶었을 뿐인데. 설마 이렇게 최면 앱을 계기로 사람을 돕게 되다니."

이것만큼은 내 천재적인 두뇌 덕분…… 아니, 자만하지 말자.

내가 마음속에 꿈꾸고 있던 주지육림 핑크빛 파라다이스와는 아직 거리가 멀다……. 하지만 이상할 정도로 큰 성취감이 느껴졌다.

아이사카 때도 그랬고, 지금의 아가츠마 사건도 마찬가지다.

"어쨌든 아가츠마는 그 조부모님이 맡게 되겠지……. 고등학생이 되고 난 뒤부터 그랬다고 했으니까 그 아빠는 절대로 갱생 같은 건 못 할 거야."

딸을 대상으로 손을 대겠다는 발언까지 한 인간이다.

그리고 물론 그 말도 확실히 영상으로 기록해 보여드렸으니 앞으로 무슨 일이 있더라도 그 아빠 곁으로는 절대로 돌려보내지 않으리라.

이사라든가 여러 가지 문제는 있겠지만, 극단적으로 떨어지는 것은 아니었기에 아가츠마 입장에서도 급격한 환경 변화는 아닐 것이다……. 그 부분도 안심이다.

"잠깐…… 보러 가볼까?"

그 후 하루가 흘렀다. 아이사카의 일도 그렇지만 그녀 곁에서 지낸 아가츠마가 어떻게 지내고 있는지도 궁금했다.

집 근처에 가면 볼 수 있을지도 모른다.

그렇게 생각한 순간, 나는 곧바로 자전거에 올라 페달을

밟고 있었다.

"뭐, 연락처는 모르지만 집의 위치는 알고 있으니까."

정말로 조금만…… 아주 살짝만 신경이 쓰인 것뿐이다.

지나가는 길에 한순간이라도 볼 수 있으면 그것만으로 충분, 그러지 못하더라도 학교에 가면 된다. 하지만 미뤄지게 되면 오늘은 신경 쓰여서 잠이 안 올지도 모르겠다.

결과적으로 그 고민은 쓸데없는 것이었다.

왜냐하면 아이사카 집에 도착했을 때, 마침 현관에서 그녀들이 얼굴을 내밀고 있었으니까.

"아, 마사키!"

"……오, 아이사카, 우연이네――. 마침 근처에 볼일이 있어서."

뭐가 이렇게 부자연스러워, 무슨 삼류 배우냐!

내 완벽한 국어책 읽기에도 아이사카는 여전히 미소를 지어 보이며 곁으로 달려왔다.

그리고 귓가에 대고 속삭였다.

"사실 아까 사이카한테 조부모님 연락이 왔었어. 잘 풀린 모양이네, 마사키."

"……그래."

자전거로 이동해서 어느 정도 시간이 흘렀으니, 연락을 할 정도는 된 모양이다.

"참고로 마사키가 움직여줬다는 거, 사이카가 알아버렸어. 전화로 누가 알려줬는지 이야기를 들었거든."

아무래도 아가츠마가 다 눈치챈 모양이었다.

……어쩌지? 내가 어떻게 알고 있는지, 어떻게 그 정도의 상황을 준비할 수 있었는지 분명 궁금하겠지.

지금부터 이유를 고민해 봐야겠다…… 음, 진짜로 뭐라고 하지.

"그러고 보니 내가 정보를 전한 건 비밀로 해달라고 아이사카 때처럼 전하지 않았으니 어쩔 수 없나…… 해결에만 신경 써 버렸네."

"그건 어쩔 수 없지."

"……내가 어떻게 그런 걸 알고 있냐고, 아가츠마한테 스토커 취급당하지 않았어?"

"그런 걱정은 필요 없지 않아? 사이카도 굉장히 안심했고, 마사키에게 감사의 말을 전하고 싶다고 말했으니까."

그래…… 그렇다면 다행이다.

어떻게 알고 있는지 물었을 때를 대비해, 어떻게든 뇌를 쥐어짜 이유를 고민해 보기로 하고…… 일단은 아가츠마와 마주하자.

"아, 참. 실은 우리 지금부터 쇼핑하러 가려고 했었는데…… 마사키랑 만났으니까 일단 그건 중지해야겠다."

"어? 그랬어? 그냥 다녀와. 그…… 지나가는 길에 슬쩍 상황이 어떤지만 보고 싶어서 온 거니까."

그랬더니 바로 아이사카가 내 손을 잡았다.

"그런 말 하지 마~. 자, 못다 한 이야기도 있을 테니까,

안으로 들어가자, 마사키~!"

"자, 잠깐?!"

그대로 저항도 하지 못하고 집 안으로 끌려 들어가고 말았다.

합법적으로 미소녀의 집에 들어갔지만, 기쁘다는 마음보다 어쩌지 하는 마음이 더 강한 기분이었다.

생각해 보면 두 번째 방문인가. 그대로 아이사카의 방으로 안내받았고, 그녀는 음료와 과자를 가져오겠다며 방을 나갔다. 즉, 남겨진 것은 나와 아가츠마 두 명뿐.

자아, 그럼 어디서부터 이야기를 해 볼까. 그렇게 생각한 나에게 아가츠마가 천천히 고개를 숙였다.

"할아버지와 할머니한테 이야기 다 들었어……. 날 위해 움직여줬다고."

"아~…… 응."

"고마워, 마사키……. 나…… 지금까지 누군가에게 도움을 받아본 적이 없어서 어떻게 말해야 할지 잘 모르지만…… 우선 고맙다는 말을 전하고 싶었어."

최근에는 고맙다는 말을 듣는 일이 늘어 기쁜 것도 같고 슬픈 것도 같다. 나는 미묘한 감정을 느끼면서도 말을 이었다.

"아냐, 나는 딱히 아무것도 안 했어. 아가츠마를 거기서 떼어놓을 수 있었던 건 아이사카의 협력이 있어서 가능했던 거고, 네 아빠에게 이야기를 들은 뒤에 할아버지와 할머니에게 이런 일이 있었다는 걸 전한 것뿐이니까."

"그렇지 않······."

"그런 거야──. 결국 이제부터는 나 같은 애가 나설 수 있는 상황이 아니니까. 너희 할머니와 할아버지께 맡기는 거고."

파트너의 힘 덕분에 어떤 어려운 일이라도 하려고만 하면 할 수 있다. 하지만 결국 이후에는 어른의 힘이 꼭 필요하다.

내가 한 일은 해결을 위한 계기 마련에 지나지 않는다.

만약 파트너가 내 말 한마디로 세계 자체를 개조할 수 있는 힘을 가지고 있었다면······ 아니, 그런 힘이었으면 내가 더 무서웠을 거다.

"그러니까 아가츠마, 이제 괜찮을 거야, 분명."

"······응."

여전히 앞머리 때문에 눈가는 보이지 않았지만, 아가츠마가 웃어준 것 같아서 나도 무척 기뻤다.

하지만, 문제는 여기서부터다.

"으음······ 내가 어떻게 너에 대해 알았냐면──."

아직 할 말이 다 정리되지 않았지만, 아이사카 때에도 제대로 이유를 이야기했으니까 어쩔 수 없다. 하지만 그때와 비교해서 그렇게 간단하게 알 수 있는 정보가 아니라는 사실이 머리를 복잡하게 했다.

아이사카 때처럼 우연히 알았다······. 좀 허술하지만 이걸로 가자고 마음먹고 설명을 해보려 했는데, 아가츠마가 그것을 멈췄다.

"마사키가 나를 도와줬어……. 손을 내밀어줬어……. 그것만 알면 돼."

"내가 묻긴 그렇지만 그래도 괜찮아?"

"응……. 왜냐하면 마사키의 목소리는 거짓말을 하지 않는다는 걸 아니까."

"내 목소리……?"

왠지 데자뷰가 느껴지는 말이네…….

뭐, 그래도 덕분에 살았다. 이제 이야기는 여기서 끝내기로 할까.

"아이사카네 집에 묵었던 건 즐거웠어?"

"응. 엄청 즐거웠어……. 마츠리, 굉장히 상냥했어."

"그렇구나…… 응?"

"왜?"

그러고 보니 둘이 서로 이름으로 부르네?

"현관 때부터 궁금했는데, 아이사카도 아가츠마도 이름으로 부르는 거야?"

"아, 응…… 어제 마츠리가 제안했어. 잠들기 전에 언제든 편하게 불러 달라고 했는데, 아직은 좀 어려운 것 같네."

"허…… 그렇구나."

아이사카 성격상 아무런 걱정은 없었지만, 내가 생각했던 것 이상으로 두 사람의 교류가 깊어진 것 같아 안심했다.

"아이사카, 소통 능력 장난 아니지?"

"굉장해……. 정말 굉장한 것 같아."

"저건 괴물 수준이야."

"괴물…… 후훗, 묘하게 어울리는 표현이네."

소통 능력 괴물, 좀 다르게 말하면 소통 능력의 화신이다, 그 녀석은.

아가츠마와 그 일로 키득대던 것이 실수였는지, 타이밍을 노린 것처럼 아이사카가 돌아왔다.

"누가 괴물이라고?"

"이런."

"아무 말도 안 했어, 아무 말도 안 했어."

나와 아가츠마는 짜맞춘 것처럼 아이사카에게서 시선을 피했다……. 그보다 아가츠마 녀석, 꽤 분위기가 밝아졌네.

그만큼 마음의 짐을 덜었다는 뜻이겠지.

"받아, 주스랑 과자야."

"고마워, 아이사카."

아이사카가 준 초코 쿠키를 입으로 가져갔다.

달콤한 초코의 맛이 몸에 스며들며 계속 안고 있던 긴장이 천천히 누그러졌다……. 그래, 아직까지도 난 긴장하고 있었다.

두 번째로 오는 아이사카의 방, 그리고 최면 상태가 아닌 본래의 그녀들과 마주하고 있는 이 공기. 긴장하지 않았을 리가 없다.

'하지만 긴장이 풀리는 것도 빨랐어. 아이사카에게는 오랜 시간 신세를 지고 있고, 아가츠마도 속옷 차림을 봤으니까인가? 그래서 이런 걸로는 긴장되지 않는 건가?'

그럼 문제없지! 하고 뻔뻔하게 정색하는 남자가 바로 접니다.

아이사카도 아가츠마도 설마 내가 그 옷 아래를 본 적이 있다고는 생각하지 않을 것이고, 안기거나 가슴에 얼굴을 파묻고 있다는 것도 모른다.

본인들이 모르는 사이에 실은 내 마음대로 하고 있어……. 아아, 이게 최면 앱의 묘미라는 건가!

"마사키와 사이카, 잘 얘기한 것 같아서 다행이야."

"좀 어색하긴 했지만 말이야."

"으, 응……."

"응응♪ 나쁘지 않은 분위기야!"

아니, 분위기가 이런 식으로 흘러갈 수 있는 것은 분명 아이사카 덕분이다.

나와 아가츠마 뿐이었다면…… 공기가 싸해지는 일까지야 없겠지만, 이 정도의 밝은 분위기는 유지하지 못했을 것이다.

뭐, 단둘이었으면 당장에 파트너를 사용해 내 마음대로 휘둘렀을 테니 상관없을 것 같다.

"……응? 뭐야."

와구와구, 사양 않고 쿠키를 입안 가득 집어넣고 있는데 빤히 바라보는 두 사람의 시선이 느껴졌다.

"아니, 아무것도 아냐."

"응……. 아무것도 아니야."

아무것도 아니라면 그렇게 빤히 바라볼 일도 없다고 생각하는데 말이죠.

두 사람의 시선에서 벗어나고 싶어도 방 안에 도망칠 곳은 없었기 때문에 달게 받아들일 수밖에 없었다……. 하지만 거기서 나는 떠올렸다──. 나에게는 파트너라는 존재가 있다는 것을.

'우리들 이외에는 아무도 없는 이 공간에서, 게다가 내가 노리고 있는 두 사람이 눈앞에 있어…… 절호의 순간이잖아!'

지금까지는 한 명씩 최면을 걸어 멋대로 휘둘렀고, 그때마다 충분한 만족도 느꼈다……. 하지만 나도 한 명의 남자. 꿈꾸던 것이 있었다.

바로 하렘이란 거지!

"사이카는 아직 하고 싶은 말이 많지 않아?"

"그건 그렇지만…… 마츠리도 그렇지?"

"물론이지. 하지만 이렇게 같이 있으면 시간이 허락하는 한 뭐든 말할 수 있으니까."

사이좋게 대화하고 있는 중에 미안하지만, 두 사람을 내 마음대로 조종해 주겠어!

나는 곧바로 스마트폰을 조작해 아이사카와 아가츠마를

대상으로 파트너를 실행했다.

말을 하던 두 사람은 스위치가 바뀐 것처럼 입을 다물고 멍한 눈빛으로 나를 다시 바라보았다.

"좋아, 두 사람에게 최면 성공이다…… 흐헷."

내 명령을 기다리는 인형이 된 두 사람…… 그야말로 압권이다.

아이사카와 아가츠마, 둘 다 몸의 라인이 또렷하게 드러나는 스웨터 차림이라 커다란 가슴의 풍만함이 그대로 보였다.

솔직히 이렇게 바라만 봐도 눈요기는 충분하고 만족스러운 기분이었지만, 여기서 아무 짓도 하지 않는다면 남자가 아니다.

"아이사카, 아가츠마도…… 으음…… 옆으로 와줘."

"응."

"알았어."

지시에 응한 두 사람이 천천히 다가와 내 양옆에 앉았다.

부드럽게 풍겨오는 두 사람의 달콤한 향기에 뇌가 저릿저릿해지며, 내 안쪽에 잠자는 짐승을 불러일으키고 있었다.

나는 내면의 충동을 필사적으로 억누르며 한층 더한 요구를 입에 담았다.

"그대로 좀 더 나에게 몸을 밀어붙인 다음 팔을 끌어안듯이 다가와 줘."

말이 끝난 순간 두 팔에 부드러운 물건이 닿아왔다.

팔을 끌어안고 다가온다는 옵션이 더해지자, 내 팔을 최적의 형태로 안기 위해 아이사카와 아가츠마가 조금씩 몸을 움직였다.

그러면 어떻게 되는지 아는가, 베이비.

"호오…… 호오오오오오오오!!"

그것은 그야말로 지상의 천국이라고 할 수 있었다.

지금까지 한쪽에서만 느낄 수 있었던 엄청난 부드러움과 온기가 지금 내 양쪽에서 밀려들고 있었다.

이것이야말로 내가 상상했던 하렘을 체현한 왕이 아닐까!

"……마사키?"

"……울어?"

아, 너무 감동받은 나머지 눈물이 나와 버렸다.

눈물을 닦아야 하는데 팔을 놓게 하고 싶지는 않아서, 결국 눈물을 멎기 위해 표정을 다잡았다.

시선 너머에 있는 거울 속에 나와 그녀들의 모습이 비치고 있었다. 뛰어난 몸매를 가진 동급생에게 안겨 있는 내가 흥분을 감추지 못한 음흉한 표정을 지으며 진지하게 눈물을 흘리는 기묘한 광경이었다.

"난 진심으로 감동했어. 설마 살아생전에 이런 하렘 기분을 만끽할 수 있을 거라고는 생각하지 못했는데."

그렇게 말하며 팔을 놓게 만든 뒤 이번에는 내가 두 사람의 어깨를 끌어안았다.

이렇게 하면 이 두 사람이 나만의 존재라고 말하는 느

낌이 들고, 나만이 독점하고 있다는 마음이 들어 기분이 고양된다……. 정말 혼자였다면 아마 춤을 추고 있지 않았을까.

"언제든지 느낄 수 있잖아."

"이렇게 하면 언제라도."

"그렇지……. 하지만 학교에선 자주 하기 힘들 테니까 지금을 충분히 즐길 거야!"

최면 앱 최고! 파트너 최고! 인생 최고!

이미 기쁨이 한계를 넘어서 버린 나는 무적이었다……. 그 기세 그대로 이런 말까지 입에 담아버린 것을 보면.

"둘 다 그 가슴 사이에 내 얼굴을 끼워줘."

"알았어."

"좋아."

짧은 대답 후 내 머리는 좌우에 끼었고…… 나도 모르게 승천할 뻔했다.

이렇게 두 사람의 큰 가슴으로 샌드위치를 경험하자 팔을 끌어안았을 때보다 더 선명한 부드러움이 느껴졌다.

"정말 아이사카도 아가츠마도 운이 없네. 나 같은 녀석에게 찍혀서 이런 짓을 당하고 있으니 말야! 진짜 나는 이렇게 여자를 내 마음대로 조종하는 녀석이라고!"

기분 좋다…… 너무 좋아서 뭐든 할 수 있을 것만 같았다.

물론 폭주했다는 건 아니다. 자고로 인간이란 욕망에 충실하면서도 스마트하게 사는 것이 중요하니까.

"꾸잉꾸잉도 해 줄 수 있어?"

"꾸잉꾸잉?"

"······꾸잉꾸잉."

꾸잉꾸잉이라니 뭐냐고······. 스스로 말하고도 부끄러워져서 역시 됐다고 말하려 했는데, 놀랍게도 아이사카와 아가츠마 두 사람은 내 말의 의미를 알아차려 주었다.

"이렇게?"

"이렇게······ 맞지?"

꾸잉꾸잉이란 글자 그대로 이 상태에서 몸을 움직여서 발생하는 가슴의 뒤틀림을 즐기는 것이었다.

두 사람이 각자 알아서 몸을 움직이자 내 얼굴을 사이에 두고 4개의 과실이 제멋대로 모양을 바꿔나갔다── 지금의 난 내 멋대로 휘두르는 여자아이의 가슴에 멋대로 휘둘리고 있는 셈이다!

"······후우."

한동안 그것을 받은 후······ 나는 차분함을 되찾았다.

이 차분함은 진심으로 느낀 충만함에서 오는 것이었다. 아마 나는 지금까지의 인생에서 느껴보지 못했던 행복을 맛본 얼굴을 하고 있지 않을까.

"정말 즐겁고 기쁘고, 더 없을 정도로 만족스럽긴 한데······ 나한테 우호적인 태도를 보여준 두 사람에게 미안함이 가시질 않네. 역시 아직 진정한 악당으로 가는 길은 멀기만 하구나."

"미안해할 필요 없는데."

"기뻐해 줬으면 좋겠어…… . 그 상냥한 마음에 응하고 싶으니까."

상냥한 목소리, 상냥한 마음이라는 말을 두 사람은 자주 뱉는다…… . 나에게 그런 것은 조금도 없고 들어봤자 민망할 뿐이지만, 이제 미안하게 생각하지 말기로 하자.

'하지만…… 파트너의 힘으로 상대는 거짓말을 할 수 없어. 이런 식으로 지금의 그녀들이 우호적으로 대해 주는 건 어느 쪽의 의미일까.'

이것만은 여전히 수수께끼였다.

최면 앱의 힘으로 상대방은 거짓말을 할 수 없다. 그래서 이 상태의 상대방이 말하는 것은 모두 진실이고 진심이다.

하지만…… 본래 그녀들은 최면 앱을 모른다.

그리고 내가 이런 음흉한 일을 벌이고 있다는 사실도 모른다…… . 만약 알았다면 욕을 퍼붓는 것이 일반적일 테니까. 역시 이런 상태와 그렇지 않을 때의 그녀들은 흔히 말하는 이중인격 같은 상태인 걸까?

"……모르겠네."

"뭐가?"

"??"

"흐뭅……!"

모르겠다는 말이 나온 순간, 꾸아악 하고 가슴이 더 강하게 눌려와 한심한 목소리가 나오고 말았다.

두 사람 다 의문을 느껴서 이런 행동을 하고 있는 거겠지만, 마치 내가 원하는 것을 학습하고 있는 듯한 느낌이었다……. 둘 다 정말 최면에 걸린 거 맞지?

안면을 감싸는 가슴 속에서 빠져나온 나는 다시 한번 두 사람의 눈을 신중하게 확인했다.

"……최면 상태 맞네. 게다가 만일 풀렸다면 이런 일은 당하지 않겠지, 몇 번이나 생각하는 거지만."

만약 제정신으로 이런 일을 해 주는 거라면 사건감이다.

"이제 충분해?"

"더 해 줄게."

두 사람 사이에서 벗어났는데, 두 사람 다 내가 멈추라는 말을 하지 않은 탓에 더 해 주겠다는 듯이 몸을 붙여왔다.

거기까지 말한다면 더 만끽해 볼까……. 그렇게 생각했지만, 두 사람을 동시에 최면 상태로 만든 탓에 배터리의 소모가 엄청났다. 혹시 모를 사고를 염려해 가슴 샌드위치는 여기서 중단했다.

"이야, 만족만족. 최고였어."

배터리 소모가 심해지는 것은 어쩔 수 없겠지만, 파트너의 힘은 동시에 3명까지 발동시킬 수 있다……. 즉 지금의 상태에서 한 명을 더 추가할 수 있다는 뜻이었다.

"……흐헤…… 흐헤헷."

양 사이드에서 팔을 안아오는 것도 좋았지만, 아까처럼 안면을 샌드위치처럼 눌러줄 때는 아직 남는 장소가 있잖아? 그래, 내 정면이다. 여기에 한 명을 더 추가하면 최고의 구도가 완성되는 것이다.

"하지만 둘이서도 이 정도면 세 명이면 배터리의 소모가 압도적으로 위험할 것 같은데. 정말로 양날의 검이구나."

최고의 순간인 만큼 즐길 수 있는 시간도 짧다라……. 뭐, 그래도 역시 무제한이라면 감사함을 모르게 되겠지.

"어쨌든 고마워, 파트너…… 내 곁에 와줘서."

지금에 와서도 정말 파트너가 어째서 내 곁에 왔는지, 그것만은 계속 사라지지 않는 의문으로 내 안에 남아 있었다.

어쩌면 나에게 무슨 일이 생겨서 계속 잠에 들어 있고, 내 욕망이 이루어진 세계의 꿈을 꾸고 있는 것이 아닐까 하는 무서운 생각이 들 때도 있었다.

물론 내 생각이 너무 지나친 거겠지. 이런 선명한 꿈이 있을 리가 없으니까.

"……조금 있으면 배터리도 완전히 꺼지겠네…… 이제 끝인가."

아쉽다……. 정말 아쉽다.

좀 더 이 최고의 공간을 즐길 수 있었는데. 그런 아쉬움을 느끼며 나는 마지막으로 아가츠마에게 시선을 돌렸다.

"아가츠마, 아직 최종적으로 어떻게 될지는 모르겠지만 이제 예전과 같은 일은 벌어지지 않을 거야. 할아버지와 할머니가 분명히 어떻게든 해 주실 거고, 나도 힘이 되어줄 테니까── 그러니까 또 최면을 걸었을 때 무슨 일이 있으면 꼭 나한테 말해 줘야 해?"

"……알았어."

"내 가치가 뭔지 모르겠다는 소리는 이제 하지 말고. 그렇게 가치를 원한다면 날 위해 살아줘. 앞으로도 계속 오늘처럼 나를 듬뿍 치유해 줘."

"응……. 그게 내가 살아가는 의미…… 마사키에게 보답하고 싶으니까 많이 치유해 줄게."

내 말이 주제넘는 건 그렇다 치더라도, 아가츠마가 최면 상태가 아니었다면 그야말로 서로 고백한 거나 다름없는 상황. 아가츠마의 말은 실제로 들었다면 사랑이 무겁다고 느껴질 법한 수준이었다.

"그리고 아이사카, 이번 일은 정말 고마워. 너도 무슨 일이 있으면 최면 시간에 반드시 나에게 말해 줘──. 반드시 힘이 되어줄 테니까."

"아아…… 응. 고마워, 마사키♪"

아가츠마와 달리 감정 어린 목소리로 아이사카는 그렇게 말했다.

역시 최면을 거는 게 그 사람에게 어떤 영향을 미치고 있는 건가? 으음…… 여전히 모르는 것들로 가득하지만, 몇 번이나 말한 대로 본래 상태의 그녀들이 이런 반응을 보일 리가 없다. 그러니 이렇게 내 말에 기뻐해 준다면 제대로 최면에 들었다고 생각하며 안심할 수 있었다.

이후 최면을 풀자 진짜 그녀들로 돌아왔다.

"있지, 카이, 과자 아직 더 있으니까 많이 먹어!"

"이거 진짜 맛있다. 좀 더 먹어도 괜찮아?"

"물론이지! 사이카도 많이 먹어."

"……단 걸 너무 많이 먹으면 살쪄."

살이 찐다……? 배가 아니라 가슴으로 간다는 뜻일까?

역시 그 이상 커질 일은 없을 것 같지만…… 확실히 그 이상 커지면 여러모로 힘들 것 같긴 하다.

"너무 신경 쓰는 거 아니야? 뭐, 하지만 여자로서 그 심정은 이해하니까 억지로 강요는 안 할게."

"미안해, 마츠리."

"에이, 그렇게 여러 번 사과할 필요 없어."

"미, 미안……."

"……하핫."

두 사람의 대화를 듣고 있는데 무심코 웃음이 나왔다.

아가츠마는, 이제 정말 심적인 케어가 필요 없지 않을까 싶을 정도로 기운 넘치는 미소를 짓고 있었다.

'내가 두 사람에게 한 말은 거짓말이 아니야. 내 에로스한 파라다이스를 지키기 위해서, 두 사람은 무슨 일이 있어도 지키겠어.'

그러니까 두 사람 다, 앞으로도 계속 내 멋대로 휘둘러 줄 테니까 각오하라고!

다시 한번 그런 결심을 하고, 나는 둘에게 이별을 고하고 집으로 돌아갔다.

▶▷

그날 밤, 침대에 누워서 나는 스마트폰을 바라보았다.

내 연락처에 새로 생긴 아이사카와 아가츠마라는 이름에 아까부터 히죽거리는 미소가 멈추질 않았다.

『아, 그렇지! 마사키, 연락처 교환하자.』

『나도…… 교환하고 싶어.』

헤어질 때 이런 대화가 오갔다.

나로서는 거절할 이유도 없었기에 엄청난 기세로 고개를 끄덕였던 것 같다.

그렇게 두 사람의 이름을 보며 히죽히죽 웃고 있던 나는, 문득 떠오른 생각에 최면 앱을 실행시켰고…… 의아함에 고개를 기울였다.

"이게 뭐지……?"

그것은 앱 안에 있는 신기한 화면이었다.

가운데에 마사키 카이라는 나의 이름이 적혀 있었고, 그런 내 이름을 향해 분홍색 실과 검은색 실이 뻗어오고 있었다.

"……??"

분홍색 실은…… 어쩐지 무척 진정이 되는 기분이었다.

반면 검은색 실은…… 무척 꺼림칙한 기분이 들었다.

"이게 뭔지는 모르겠지만, 중앙에 내 이름이 있는 건 내가 소유자라서 그런 건가……?"

중앙에 이름이 있고 주위에서 무언가가 다가오고 있는 이 구도…… 어디선가 본 적이 있다 했더니, 대답이 맥없이 나왔다.

"맞아……. 만화나 게임 같은 데서 보는 캐릭터 관계도야."

그렇다. 이건 마치 관계도 같았다.

아직 이 화면에는 내 이름밖에 없었지만, 분홍색과 검은색 실이 뻗어나오고 있는 원래의 장소에는 이름이 들어가 있을 법한 테두리가 있었다. 그건 그렇고 이 검은색 실은 너무나도 섬뜩한데.

신경 쓰이는 나머지 화면을 뚫어져라 쳐다보다가, 아무것도 알아내지 못하고 도중에 생각하는 것을 멈췄다.

"……후암."

오늘은 계속 이리저리 뛰어다녔고, 그 후에도 아이사카네에서 멋진 시간을 보내느라 상당한 피로가 쌓인 모양이었다……. 오늘은 이 정도면 됐다.

"……."

가만히 있기만 해도 알아서 눈꺼풀이 무거워지더니, 서서히 의식이 멀어졌다.

아직 불을 끄지 않았다……. 화장실에도 다녀오고 싶다. 이대로 잠들면 한밤중에 불청객 같은 요의로 인해 눈을 뜰지도 모른다.

그럼에도 나는 이미 한계였다.

"잘 자아…… 음냐."

그렇게 잠든 나는 이상한 꿈을 꾸게 되었다.

▶▷

그것이 꿈이라는 사실을 깨달은 것은 직감이었다.

내 방에서 잠들었던 기억이 완벽하게 남아 있었고, 주위가 부자연스러울 정도로 어두운 세계였기 때문이다.

"……뭐야, 여긴."

여기가 꿈속이라면 이 어둠도 두렵지 않다.

다만 꿈 특유의 이 몸이 전혀 움직이지 않는 현상은 어떻게 안 되는 걸까……. 달리고 싶은데 달릴 수 없고, 허리 정도까지 물에 잠겨 있는 것 같은 감각이 불쾌했다.

『큭큭, 역시 여자의 몸은 최고야.』

그것은 갑작스럽게 들려온 목소리였다.

목소리가 들린 방향으로 나아가자, 어둠 속에 작은 불빛이 밝혀지며 한곳이 드러났다. 나는 작게 소리를 냈다.

"……와우."

그곳에는 여자의 몸을 만지고 있는 남자가 있었다.

남성의 손에는 스마트폰이 쥐어져 있고, 여성은 남성이 만지는 손길에 아무런 반응을 보이지 않고 멍하니 있었다.

『최면 앱…… 이건 신이 나에게 준 선물이구나. 헤헤헤, 이 힘만 있으면 여자들을 내 마음대로 조종할 수 있어……

이런 것도 할 수 있다고.』

　그것은 그야말로, 내가 우연히 본 최면 앱 장르의 만화를 재현하는 광경이었다. 남자는 한껏 흐트러진 데다 침까지 흘리면서…… 어떤 의미에서는 주인공 같은 모습을 하고 있었다.

　"뭐, 그렇게 하고 싶어지지…… 응응."

　실제로 나도 여자의 몸을 만졌으니까!

　하지만 이 남자는 나보다도 더 앞선 차원에 가 있는 것 같았다──. 왜냐하면 그대로 그 행위를 시작했기 때문이다.

　나도 하고 싶다고 생각하면서도 아직 이르지 못한 영역……. 저 남자는 나보다 훨씬 더 앞서 있구나 하는 생각에 약간 분했지만, 그 이상으로 신경 쓰이는 것이 있었다.

　"뭔가…… 좀 다른데."

　파트너의 힘으로 나는 아이사카와 아가츠마를 내 마음대로 만지고 있다.

　내 욕망을 충족시키기 위해서 이런저런 짓을 받고 있었고, 스스로의 소심함에 절망하면서도 그 이상의 즐거움을 느끼고 있었다……. 나와 이 남자가 하고 있는 짓은 정도의 차이는 있지만 틀림없는 최악의 소행이었다.

　그런데 왜 나는 위화감을 느끼는 거지?

　저항하지 못하는 여성은 말도 하지 못하고 몸도 움직이지 않았다. 그러나, 그 눈동자만큼은 확실히 남자를 포착한 채 노려보고 있었다.

'신기하네……. 눈에 빛이 없으니까 의지가 없다는 건 알겠어. 저 상태는 아이사카나 아가츠마와 똑같아. 그런데 노려보고 있다는 게 느껴져……. 마치 저 남자를 죽이고 싶어 하는 증오가 보이는 듯해.'

그런 여성의 시선을 눈치채지 못하고 남자는 자신의 욕망을 충족시키기 위해 움직일 뿐. 혹시 나도 옆에서 보면 저런 느낌인 걸까?

하지만 적어도 난 아이사카 일행에게 저런 시선을 받아본 적은 없었다……. 벌이고 있는 짓은 양쪽 모두 최악의 행위일 텐데, 나와 저 남자의 차이는 무엇일까.

"……뭐, 어차피 꿈이지."

하지만 만약 내가 즐기고 있을 때 저런 시선을 받는다면, 역시 의욕이 사라질 것 같단 말이지.

"응?"

대체 언제까지 여기 있어야 하냐며 불평하고 싶어진 순간, 남자에게 당하고 있던 여성에게서 검은색 실이 뻗어나오기 시작했다.

"어…… 저건."

그 검은색 실은 보고 있기만 해도 속을 뒤집어지게 만드는 불쾌함을 갖고 있었다.

저건 분명 내가 스마트폰에서 봤던 그 실과 비슷하다……. 검은색 실이 남자를 감싸는가 싶더니, 압축시키듯 줄어들다가 남자와 함께 완전히 사라졌다.

남겨진 여자가 나를 향해 손을 뻗어왔다.

한 발짝, 두 발짝, 그 손길에서 도망치듯 뒤로 물러났을 때 나는 숨을 크게 들이마시며 잠에서 깼다.

"……."

힐끔힐끔 주위를 확인하고 자신의 방이라는 것을 확인했다.

묘한 꿈을 꾼 탓에 최악의 기상이었지만, 몸의 피로는 모두 풀린 것이 수면 시간 자체는 충분했던 모양이다.

방에 불도 꺼진 걸 보니 누나가 알아서 꺼준 거겠지.

"이상한 꿈이었어……."

그 검은색 실에 사로잡힌 남자는 어떻게 됐을까……. 뭐, 어차피 꿈이니까 신경 써봤자 어쩔 수 없는 일이다.

스마트폰을 손에 들고 앱을 실행해 아까 그 화면을 띄웠다.

분홍색 실과 검은색 실, 그리고 내 이름이 새겨져 있는 관계도 같은 것…… 과연 이것이 무엇을 의미하는지 머지않아 알 수 있을까?

"그보다 검은색은 몰라도 분홍색 실이 꼬불꼬불 늘어진 모습은…… 뭔가 야하네."

뭔가 촉수 같은…… 아니, 아침부터 이러지 말자.

어쨌든 나도 아직 파트너에 관해서는 모르는 것투성이였고, 앞으로 뭔가 변화가 있을지도 모른다. 그 부분은 주의 깊게 관찰을 계속해 나가는 수밖에 없겠지.

모든 것은 나의 핑크빛 파라다이스를 위해!

"오……?"

그때 스마트폰이 부르르 진동하며 메시지가 날아왔다.

아이사카와 아가츠마에게서 좋은 아침이라는 메시지가 도착해 있었다…….

나는 한동안 그 글자를 바라보며 감동을 느끼다가, 곧바로 좋은 아침이라는 답장을 보내주었다.

"아침부터 여자애랑 하는 연락은 못 참지~!"

둘 다 순수한 마음으로 메시지를 보내줬겠지만, 정작 본인은 이런 상태라서 차마 보여줄 수 없는 꼴이었다.

"……뭐, 나쁘지 않네, 이런 것도."

나는 정의의 편이 될 생각은 없다.

나는 자신의 욕망에 따라서 그녀들에게 다가갔고, 겸사겸사라는 느낌으로 약간의 도움을 주기도 했다. 하지만 내 행동에 의해 조금이라도 그녀들이 좋은 방향으로 나아갔다고 하면 무척 기쁜 일이다.

참고로 스마트폰을 보며 싱글벙글 웃고 있는 순간을 누나에게 딱 보여버려, 아침부터 야한 사진이라도 보고 있었느냐며 놀림을 받았다.

♡ ♡ ♡

이 앱은 사용법에 따라서는 상대방에게 강한 마음을 품게 만듭니다.

그것이 미움인지 혹은 다른 무언가가 될지는 당신에게 달려 있습니다. 부디 자신의 행동에는 책임을 져주세요.

아가츠마 건 이후로 며칠이 경과했다.

역시 문제가 문제인 만큼 당장 해결되진 않을 것 같았지만, 아가츠마는 조부모님의 보호를 받게 되었다.

이제 여기서부터는 학생인 내가 나설 차례는 없지만, 그 조부모님도 아가츠마를 반드시 지키겠노라 약속해 주었으니 괜찮을 것이다. 그녀는, 아가츠마는 진정한 의미에서 그 환경에서 해방되었다.

『마사키, 그리고 마츠리도 고마워.』

다시 한번 감사의 말을 들었을 때 본 그녀의 미소는 굉장했다.

나뿐만 아니라 아이사카도 두근거렸을 정도의 파괴력으로, 한동안 넋을 놓고 바라봤던 게 지금도 생생하다.

고등학생 입장에서 경험하기에는 상당히 사건이 많았다. 하지만 나와 관련된 아이사카와 아가츠마가 건강하게 있어 주고, 변함없이 최면 상태로 나를 치유해 주는 지금의 매일은 정말이지 행복할 따름이었다.

"최근 우리들의 절친이 여자와 사이가 좋은 건에 대하여."

"반에서 인기 없는 나에게 미소녀들이 다가오는 건에 대하여…… 라는 생각을 하고 있는 거 아니냐, 카이!"

"……시끄러워."

멋대로 말하지 말라며 아키라와 쇼고를 가볍게 찔렀다.

뭐, 아가츠마 일이 아니더라도 원래 아이사카와는 대화를 하고 있었으니 가까워지는 것은 시간문제였다.

학교에서도 우연히 셋이서 모여 대화를 나누는 일이 늘어난 탓도 있어서인지, 내가 무슨 짓을 한 것이 아닌가 하는 불명예스러운 소문이 돌고 있다나 뭐라나……. 바닥을 기는 내 신용에 한숨이 나왔다.

"하아…… 잠깐 화장실 좀 다녀올게."

그렇게 말하고 화장실로 향한 뒤, 후련한 기분으로 돌아가는 길이었다.

복도에서 대화를 나누고 있던 아이사카와 아가츠마가 눈에 들어왔고, 그녀들도 나를 알아차리고 시선을 돌리더니 당연하다는 듯이 다가왔다.

"안녕~ 마사키 ♪"

"화장실 갔다 왔어?"

"그렇긴 한데, 무슨 일 있어?"

"아니, 그런 건 아니고."

"사이카는 나랑 대화할 때도 널 찾았을 정도야."

"그, 그건…… 그…… 내 은인이니까."

아가츠마는 부끄러운 듯 손가락을 쭈뼛거리며 아래를 향했다.

그 모습에 아이사카가 귀엽다고 중얼거렸고, 나도 속으로 맹렬히 고개를 끄덕였다.

"은인이라는 생각 안 해도 된다니까. 나는 그저 돕고 싶어서 도와준 것뿐이야."

"……마사키."

"좀 더 현명한 방법도 있었을 거라 생각해. 하지만 어린 난 그저 그렇게 증언을 모아서 어른들에게 의지하는 방법밖에 쓸 수 없었어."

그 증언을 모으는 것조차 파트너의 힘 덕에 가능한 일이었다. 파트너의 힘이 없었다면 내가 할 수 있는 것은 아무것도 없지 않았을까.

"마사키, 있지."

"……왜."

"도와주고 싶어서 도와줬다는 말 엄청 멋있는 발언인 거 알아? 실제로 그게 가능한 사람이 얼마나 있다고 생각해?"

"그건……."

"네가 어떻게 생각하는지는 모르겠지만, 사이카를 돕기 위해 움직인 마사키를 나는 멋있고 훌륭하다고 생각해."

생글생글 미소 지으면서 한 그 말에 겸연쩍어진 나는 뺨을 긁적였다.

아이사카는 쑥스러워하는 날 보고 웃는가 싶더니 평소처럼 어깨동무를 하며 더욱더 나를 놀려댔다.

"게다가…… 나도 마사키의 도움을 받았던 경험이 있으니까. 그런 의미에서도 마사키의 멋진 부분을 알고 있지♪"

"……거기까지만 해 줘."

"와~ 얼굴 새빨개졌다."

완전히 나를 놀리는 눈빛이다……. 후후, 그런 식으로 놀려온다면 나도 다 생각이 있다고, 아이사카!

오늘은 잠시 볼일이 있어서 점심시간의 만남은 보류하겠지만, 내일에라도 다시 맛봐줄 테니까 각오하라고!

"……그건 그렇고."

"??"

내 시선에 아가츠마가 고개를 기울였다.

"아가츠마…… 꽤 분위기가 바뀌었네?"

"그럴지도 몰라. 머리를 잘랐거든."

아가츠마의 긴 앞머리가 잘려서 눈매가 또렷하게 보였다.

눈가가 잘 보이는 것만으로도 그녀의 감춰져 있던 미모가 드러났다.

역시 성격 자체가 바뀐 건 아니지만 외모의 변화와 조금 밝아진 분위기로 인해 아가츠마에게 말을 거는 학생이 늘었다고 한다.

"조심해, 사이카. 이상한 남자가 말을 걸면 주저하지 말고 도움을 요청해."

"응, 고마워, 마츠리."

"응응! 마사키도 도와줄 거지?"

"당연하지."

그야 물론 당연히 도와줘야지.

나란히 고개를 끄덕이는 나와 아이사카를 보고 아가츠

마는 더욱 얼굴을 붉히며 수줍어했지만, 진심으로 기쁘게 웃어주고 있었다.

"사이카, 귀여워!"

"자, 잠깐! 너무 달라붙으면——."

서로 달라붙으며 노는 두 명의 미소녀…… 오, 가슴의 뭉개짐이 최고다!

참고로 교복을 갈아입을 시기가 오기도 해서 둘은 시원함이 느껴지는 차림이었다.

평소 셔츠 위에 입고 있던 것이 사라진 것뿐인데 미묘하게 보이는 속옷의 선이 벌써부터 눈을 호강시켰다.

"마사키?"

"엄청 행복해 보이는 얼굴이네?"

"이런, 이럼 안 되지."

두 사람의 목소리에 나는 곧바로 표정을 진지하게 바꿨다.

잠시 이야기를 나누다가 아가츠마는 자신의 반으로 돌아갔고, 그것을 배웅한 나와 아이사카도 교실로 돌아가기로 했다. 나는 그 도중에 입을 열었다.

"아이사카."

"왜?"

"아가츠마가 그렇게 건강해진 것도 다행이지만, 내가 보기엔 아이사카도 마찬가지야."

"어?"

나는 그녀의 팔로 손가락을 향했다.

팔을 걷어붙인 곳에 드러나 있는 깨끗한 피부…… 그곳에 있던 상흔은 유심히 집중해서 바라보지 않으면 눈치채지 못할 정도로 희미해져 있었다.

지금까지 숨기고 있던 장소를 무의식중에나마 이렇게 보여 주고 있다……. 그것이야말로 아이사카의 큰 변화라고 할 수 있지 않을까.

"그…… 이상한 의미로 생각하지 말고 들어줬으면 좋겠는데—— 예쁜 팔이야."

"……아."

예쁜 팔이라는 게 칭찬인가?

아니, 아무래도 상관없다. 왜 이런 소리를 한 것일까 뒤늦게 후회와 함께 부끄러움이 치밀었다.

내 말을 듣고 아이사카는 눈을 동그랗게 떴지만…….

"……응! 고마워, 마사키!"

지금까지 내가 본 어떤 표정보다 더 예쁜 미소를 보여주었다.

▶▷

자, 최근에는 여러 가지 일들이 있었지만!

나는 어떻게 하면 여자아이를 더 내 멋대로 휘두를지 고민하는 악당이라는 사실을 잊어서는 안 된다.

방과 후가 되고, 나는 옥상으로 이어지는 문 앞에 서 있었다.

건너편에서는 한 쌍의 남녀가 마주 보고 있다. 그곳에서는 여자를 향한 남자의 고백이 펼쳐지고 있었다.

"혼마! 좋아해! 나랑 사귀어줘!"

"관심 없어요. 한 번도 대화한 적 없는데 고백 같은 걸 받아봤자 곤란하다는 걸 모르시나요?"

그리고 남자는 순식간에 차였다.

남자 쪽은 큰 소리로 미안하다고 사과하고는, 마치 적진에서 도주하는 병사처럼 이쪽으로 달려오더니 숨어 있는 나를 눈치채지 못하고 계단을 뛰어 내려갔다.

"……가차 없네."

혼마 에무…… 내가 미리 점찍어 두었던 후배 여자애다.

꽤나 험한 말로 남자를 찬다는 말은 이미 듣고 있었고, 그런 이유도 포함해 얼음 여왕이라는 누가 지었는지 모를 별명이 있다는 것도 알고 있었지만, 실제로 이렇게 근처에서 차는 순간을 본 것은 처음이었다.

"얼음 여왕은…… 본인은 어떻게 생각하고 있을까?"

뭐, 그것도 최면 상태에서 물어보면 되겠지 생각하고 나는 당당하게 옥상으로 갔다.

"혼마."

"당신은…… 선배님이시죠?"

갑작스러운 내 등장에 혼마 같은 쿨한 미소녀도 놀란 것일까. 문소리에 움찔하고 살짝 어깨가 떨린 것은 귀여웠다.

'기뻐해라, 혼마…… 네가 기념비적인 세 번째로 내게 휘둘릴 여자애다!'

곧바로 파트너를 실행하자 혼마는 최면 상태가 되며 나를 멍한 표정으로 바라보았다.

"좋아, 성공이다…… 혼마."

"네."

"얼음 여왕이라고 불리는 거 실제로는 어때?"

"부끄럽기밖에 더하겠어요? 대체 누가 말을 꺼냈는지 모르겠어요."

이거…… 엄청나게 싫은 모양이네.

최면 상태임에도 약간의 노기가 느껴질 정도로, 그녀는 얼음 여왕이라는 별명이 싫은 모양이었다……. 앞으로는 농담이라도 말하지 않도록 주의하자.

"지금부터 혼마네 집에 데려다줘."

"알겠습니다."

"집에 사람은?"

"없어요. 아마 돌아오는 건 여섯 시쯤일 거예요."

그럼 딱 좋았다.

완전히 똑같은 타이밍에 교사를 지나 학교 근처를 함께 걷고 있으면 묘한 소문이 날 가능성이 있었기에, 혼마를 어느 정도 먼저 걸어가게 한 뒤에 나도 학교를 나왔고…… 그 후 무사히 합류했다.

"이 정도는 이제 쉽지."

그리고 혼마의 집에 도착해 즉시 방으로 안내받았다.

아이사카나 아가츠마에 이어 이제 세 명째가 되는 셈인데…… 솔직히 엄청 좋은 집이라 압도당했다.

"……굉장하다……. 혹시 부잣집인가?"

이런 집과는 절대로 인연이 없을 거라고 생각하면서 혼마의 방에 들어서자 또 한 번 오오, 하는 소리가 터져나왔다.

여자다운 사랑스러움이 느껴지는 방이긴 했지만, 그 이상으로 넓고 잘 정돈되어 있어서…… 정말로 아가씨 느낌의 방이었다.

그렇지만, 무엇을 봤다 해도 내가 할 일은 하나다!

"……흐헷, 그럼 바로──."

본래 상태에서 내게 다가와준 아이사카와 아가츠마에게 잠시 미안한 마음을 느끼긴 했지만, 여기까지 와서 물러선다면 남자가 아니다.

혼마는 오늘이 처음이라 특유의 긴장감이 느껴졌다.

자, 해 볼까. 나는 그 말을 했다.

"혼마, 옷 좀 벗어줘."

"네."

바로 피부를 보는 것도 좋겠지만, 어떤 속옷을 입었는지도 궁금했다.

스멀스멀 입꼬리가 올라가는 내 앞에서 명령을 받은 혼마는 천천히 교복에 손을 올렸고…… 그리고 가슴 언저리가 드러났다.

"오오……."

쿨한 미소녀인데 빨간색의 꽤 화려한 브라…… 역시 대단하네.

"……역시 혼마도 크구나."

아이사카와 아가츠마만큼은 아니지만 그 두 사람이 특별히 큰 것이고, 혼마도 꽤 큰 가슴을 가지고 있었다.

"D나 E 정도인가…… 우리 학교엔 정말 몸매 좋은 여자가 너무 많네."

그만큼 사냥감은 충분하다는 건데…… 아, 그러고 보니 중요한 질문을 깜빡했다.

"있지, 혼마. 넌 혹시 부모님과 사이가 안 좋아?"

"그렇지 않습니다. 아빠도 엄마도 저를 소중하게 생각하고 계시고, 저도 부모님을 소중하게 생각하고 있습니다."

"……호오."

좋아, 좋아. 정말 아무런 문제가 없어 보여서 안심했다.

"그럼 스커트도 단번에 가자!"

"알겠습니다."

바스락 소리를 내며 스커트가 바닥에 떨어졌고…… 나는 헉 하고 놀라며 곧바로 시선을 옆으로 돌렸다.

왜…… 어째서?!

"왜, 왜 팬티를 안 입은 거야?!"

혹시 팬티도 스커트랑 같이 벗겨진 건가?!

그런 생각에 힐끔 스커트 쪽을 살폈지만, 거기에 팬티 같은 것은 전혀 보이지 않았다…… 으응?!

"오늘은 하루 종일 아래는 입고 있지 않았어요."

"……What?"

무, 무슨 말이지?

미안…… 무슨 일이 일어난 건지 전혀 이해가 되질 않는 다── 응? 여자애들은 보통 팬티를 입지? 나도 트렁크를 입고 있는데? 아이사카랑 아가츠마도 팬티는 입고 있었 지? 어라~?

"왜 안 입어?"

"저는 M이에요."

"……응? 네 이름이 에무라고?"

"M이요."

"??"

이상해……. 뭔가가 맞물리지 않는 기분이다.

혼마가 장롱 옆으로 이동해 서랍을 열더니 여러 가지 물 건들을 꺼냈다.

"사슬…… 수갑…… 끈…… 게다가 이건…… 응?!"

정확히 뭐라고는 안 하겠지만, 본 적 있는 장난감인데?!

기분 탓인지 자랑스럽게 그것을 보여주는 혼마를 손가 락으로 가리키며 나직이 중얼거렸다.

"설마…… 변태야?"

"변태…… 그럴지도 모르죠. 저는 누군가에게 비난당하

는 걸 아주 좋아해요. 상대에 따라 다르긴 하지만 덮쳐지는 걸 상상하면 흥분이 돼서…… 아, 냄새 페티시도 있어요."

"……스읍~."

혼마의 말을 들은 나는 깊이 숨을 들이마시고, 그리고 침을 튀길 기세로 소리쳤다.

"왜…… 왜 내가 점찍은 여자애들은 전부 이런 거냐아아 아아아아!"

이상해…… 이상하지 않아?!

모처럼 가족간의 문제나 다른 위험한 고민을 갖고 있지 않아서 안심했는데! 마음 놓고 야한 짓을 할 수 있다고 생각했는데 결국 이거냐고!

"오히려 절호의 상대일지도 몰라! 하지만 나한테는 레벨이 너무 높다고오!"

이봐, 파트너여…… 정말로 나를 함정에 빠뜨리려고 하는 건 아니겠지?

나를 조종해서 뭔가 사정이 있는 여자에게 접근시키고 있는 건 아니겠지?!

"……선배님?"

"에잇! 영문을 모르겠다는 얼굴로 고개 갸우뚱하지 마!"

고개를 갸우뚱하는 혼마를 향해 나는 그런 지적을 넣었다.

"넣는다니, 그런……."

"왜 멋대로 남의 속마음을 읽고 부끄러워하는 거야?! 넣는다……는 건 그런 뜻이 아니거든?!"

……응? 내 최종적인 도달점은 거기 아닌가……? 어라……?

진정해, 우선은 소수를 세서 진정하는 거다…… 1, 3, 5, 6…… 망했다, 엄청 동요하고 있어!

"얼음 여왕의 이름이 울겠어…… 설마 변태 여왕이었다니——."

그렇게 말한 순간, 혼마의 볼에 붉은빛이 도는 느낌이었다……. 설마 변태라는 말을 듣고 기뻐하는 거야?!

최면 상태에서도 먹히는 변태 레벨인 건가?!

"……이상해…… 내가 대체 뭘 하고 있는 거지?"

나는 그렇게 중얼거리고, 스스로의 한심함에 질려버렸다.

혼마는 틀림없는 변태…… 그야말로 상대에게 강제로 당하는 것에 기뻐하는 변태다.

그렇다면 아무런 장애없이 내 마음대로 휘두를 수 있는 상대가 아닌가…… 그런데도…… 그런데도 나흐으은!

"너무 큰 충격에 손을 대지 못하다니…… 난 진짜로 한심한 놈이야."

고민하는 부분이 다르다고? 원래 손을 대면 안 된다고?

시끄러워, 난 이미 그 단계는 지나왔다고…… 지나갔다면 지나간 거다!

"일단 옷…… 입어주지 않을래?"

"입어요? 정말 괜찮아요?"

"이제 됐어!"

"……패기가 없네요."

"뭐야, 너?! 진짜로 해 줄까?!"

"네."

"그러니까 얼굴 붉히지 말라고!"

왜 이런 대화로 기운을 빼야 하는 거냐고…….

제발 평범한 여자를 만나게 해 줘어어어어어어!!

최면 앱이라는 초자연적인 힘, 그것은 과연 소년에게 어떤 운명을 안겨주고 어떤 결말을 가져다줄 것인가…… 이야기는 이제 막 시작되었다.

TENIIRETA SAIMINAPURI DE YUMENO HAREMU SEIKATSU O OKURITAI Vol.1
©Myon,MappaNinatta 2024
First published in Japan in 2024 by KADOKAWA CORPORATION, Tokyo.
Korean translation rights arranged with KADOKAWA CORPORATION, Tokyo.

손에 넣은 최면 앱으로 꿈같은 하렘 생활을 보내고 싶어 1

2025년 3월 1일 1판 1쇄 발행

저   자 몽
일 러 스 트 맛파니낫타
옮 긴 이 이소정
발   행   인 유재옥
담 당 편 집 박치우
이   사 조병권
출판본부장 박광운
편 집   1 팀 박광운
편 집   2 팀 정영길 박치우 조찬희
편 집   3 팀 오준영 권진영 이소의 정지원
디자인랩팀 김보라 이민서
디지털사업팀 김경태 김지연 윤희진
콘텐츠기획팀 박상섭 강선화
라이츠사업팀 김정미 이윤서
영업마케팅팀 최원석 이다은 윤아림
물   류   팀 허석용 백철기
경영지원팀 최정연
인쇄제작처 ㈜코리아피엔피
발   행   처 ㈜소미미디어
등   록 제2015-000008호
주   소 서울시 마포구 토정로222, 502호 (신수동, 한국출판콘텐츠센터)
판매 및 마케팅 (070) 8822-2301

ISBN 979-11-384-8593-7
ISBN 979-11-384-8592-0 (세트)